U0015909

付 MP3 光碟
學慣用句 說道地 韓語
USEFUL EXPRESSIONS IN KOREAN
관용어 한국어
ㄲ
ㅆ
ㄴ
作者/ 陳慶德
審訂/ 愼希宰 신희재
香港大韓韓國語專門學校
七所學院聯合指定教材編著者
聯經出版
1974
2014

推薦文

韓國語文教育與韓國學的發展課題

自從「韓流」席捲全球之後，韓國積極地擴大了對外經貿、科技、文化等活動，而成功提升了國際形象，躍登了世界舞台，成為令人學習仿傚的閃亮新星。特別是近來在韓國語文教育方面逐漸成長後，發展十分快速，已成為國際關注的課題。在韓國政府規劃的韓國語檢定考試制度實施下，不論是韓國或是其他世界各國，都針對韓國語檢定考試制度的出題內容與方式來教學與出版，因此，韓國語文的補習教育紛紛林立，各種韓國語學習教材、字典紛紛上市，在網路上也有許多相關韓國語文資訊，檢索十分便利，這些廣大而豐沛的資源都是韓語學習者的福音。

但是在正規大學教育之中，必須思考如何讓韓國語文與韓國學的教育資源擴充。例如：在招生方面，目前國內學生報考韓國語文科系人數突然暴增，極受歡迎，由以往冷僻科系成為熱門科系，但是相關韓國語文科系有限，僧多粥少，而有遺珠之憾。因此，通識課程的韓國語課程就成為另一學習途徑，但是也是熱門科目，每每呈現爆滿盛況，而且名額有限。因此，增設韓國語文科系是有所期待。研究所方面，文化大學韓國語文學系碩士班首先成立，而今年欣聞母校政治大學韓國語文學系碩士班成立，兩校提供了無須留韓升學深造的管道，而博士班深造方面，最好能親身留韓，更能熟能生巧。在師資方面，由於近年來留韓攻讀博士人數與日俱增，學成回國後，師資陣容都十分堅強，因為皆為韓國名門學府的語文學專家，是提升韓國語文教育的優勢。在韓國學課程方面，在韓國語文科系或通識課程，如社會、歷史、政治、經貿、北韓等課題則應該加強及增開，因為在學習韓國語文的同時，韓國的民族歷史文化、政經時事等也應該重視與了解，以便能提升對韓國的國際文化觀，所謂知己知彼，百戰百勝。

近年來，母校政治大學與中山大學設有韓國研究中心，在推動韓國語文與韓國學的教育上，必定會起重要的作用，所以應該吸引優秀研究留韓人才來參與學術研究，以及支援韓國語文科系的有關專題課程。並且主導與韓方各學術研究機構或是產業界建立互動交流，協助擴大學生赴韓海外實習的機會。如此，長期培育年輕習韓學人，提攜後進，對國家社會發展而言，透過與韓國的教育學術交流，不僅能促進彼此的互信互助，也更有助於中韓關係的持續發展。

目前韓國語文教材大量上市，造福了習韓讀者，但是題材方面，專業主題為主的教材比較闕如，在此推薦就讀於韓國一流名門學府國立首爾大學博士課程的陳慶德學弟所撰寫的韓國語慣用句一書—《學慣用句說道地韓語》。韓國語的慣用語包括類似成語、俗諺、句型文法等口語或書面語的內容，是一種短小定型的詞彙或短句或文法，意義有字面意或有引申意，有隱藏意或褒貶義，也是一種具有趣味性的學問。因此，慶德學弟這本《學慣用語說道地韓語》書中撰寫、詳述的句子都是精選的慣用語，期望讀者學習韓國語的同時，能從這本書體驗韓國語當中生動有趣的的慣用語。

慶德學弟對於韓國語言與文化的推動，不遺餘力地付出心血，造福習韓學子，其精神可嘉，確實值得推薦。

韓國高麗大學文學博士

韓國西江大學韓國語教師研修課程證書

王 永 一 教授

于國立嘉義大學通識教育中心

序

《學慣用句說道地韓語》，又是一本新書的誕生。

寫作對我而言，除了當作自己真誠的修煉時刻之外，同時也是一種面對他人的方式，每次當我在編寫韓語學習書籍，或者是翻譯文章的時候，總是想著這樣一本著作、一篇文章甚至文章中的一句話，是否能讓讀者了解我文字中的意義？因為，學習語言在大家的刻板印象中，總是覺得枯燥，但我總是在我的著作中，盡量分享我自己學習韓語經驗給大家，冀望可以提起大家學習韓語的興趣以及注意點，這樣的寫作方式，我想也是我個人文字的特色。

這本《學慣用句說道地韓語》，主要是我自己在課堂上，除了教導學生韓國語文法之外，自己也會抽出大約一部份時間，教導學生一些韓國人在口語上常常用到的句子，比如說「그게 아니라 미안해요.」（不是這樣的，對不起。）、「미안해요. 잘못 했어요.」（對不起，我真的錯了。）等等，基本的且在生活中可以用到的句子，當然這些部分，讀者在敝人的陋作—《韓語 40 音輕鬆學》、《韓國語入門》（統一出版）以及《背包韓語》（聯經出版），都可以看到我收錄出來的例句。

為什麼我們要透過句子來學習韓文呢？理由無非如下：

1. 增加自己的韓國語語感。透過一句句的韓文句子，可以讓讀者抓到韓國語的語感，讀者可以想像一個畫面，為什麼我們單字都懂、發音都對，但是為什麼說出來的「話」，對方聽不懂呢？主因是，我們忽略了句子停頓或者是連音部分。這一方面的分析，請參考本書Part II 韓語發音規則總整理。

2. 透過句子學習，可以讓我們學習到韓國語的語序，更重要的是單字的實際使用狀況。我常常舉一個字為例，韓語中的「쓰다」這一字多義的動詞，很多坊間的韓文書籍，註解為：「花費、浪費」，在中文語境中的「浪費金錢」以及「浪費時間」，兩個動作都可以以「浪費」這個動詞來表示，但是「쓰다」的韓語語境中，只可以用在花費「錢」上，而「時間」，則是以另外一個韓文動詞「걸리다」來搭配使用。

若是身為一位韓語老師，或者是書籍寫作者，沒有注意到這一點的差別，很容易就誤導讀者。這也就是為什麼，我在寫作的時候，總是特別會要求編輯，不要因為趕流行，出一些會誤導學員韓國語概念的書。這一點是身為一位寫作者的良心，同時也是對讀者負責任的態度。

出版這本《學慣用句說道地韓語》的寫作動機，即是我那群親愛的學生們常常會反應，當他們學了韓國語的基礎發音之後，想要更進一步學習韓國語會話，但來到坊間書店一看，全是初級的韓國語教材，從某個角度而言，這也是台灣出版韓國語書籍一個問題點，太多初級的韓國語教材，且譁衆取寵的情況越來越嚴重，舉例來說，筆者還曾經看過一本書上的宣傳標題寫了『看本書韓語能讓我娶到一位漂亮的韓國新娘！』，這種「不知所云」的宣傳標題出現，真令人對裡面所講解的韓國語内容感到疑慮。另一個出版動機是，讀者常常想聽懂韓劇，或電影中韓國人的對白，但其實我們人與人之間講話，跟所謂標準的文法是有很大落差的。在我目前就讀博士班的國立首爾大學（Seoul National Univ.）中，這些全韓國的菁英學子在日常談話中，也是夾雜著慣用語、諺語甚至是漢字成語等等，這些都是課堂上韓語老師不會教的東西。

因此，想要講出一口道地的韓國語（甚至是脫離韓國語「文法」），想要聽懂韓國人所說的韓國語，有一個關鍵點，就是熟悉他們的「慣用語」表現。

慣用語這個概念，其實在我們中文語境中也常常出現，也就是我們習慣用到的表現句型的意義。比如說，善用慣用語表現的「妳的臉色看起來怎麼不對勁？」，跟「妳臉色不好」，這兩句話就有明顯語氣上的差別；再舉一例，「他們只有夫婦之名，而沒夫婦之實」，跟「他們是假夫婦」，這兩句話呈現出來的語氣，也是有著截然不同的感受。

除此之外，書中的寫作方式，除了慣用句型的標列，我也盡量註解出最接近中文的哪個意思。

透過每個慣用句一到兩句的例子加以說明，有些慣用句也列出其他相關的延伸補充用法，我想更能增加讀者的印象，以及了解它的使用情況。這裡的每個句子都是我親自設計，其中包含的單字，都是經由我多年教學經驗，整理出「韓國語能力檢定」（한국어능력시험, TOPIK）常出現的基本單字，希望讀者在開口學習韓語慣用語時，也可以同時學習到更多的單字。

在書付梓出版之際，我真心感謝聯經出版社李芃編輯，並且特聘韓籍洪智叡老師，為我們錄製書中的 MP3，希望讀者可以邊聽 MP3 邊學習韓語的發音及用法。

本書沒有提到太多文法，因為這本小書的目的，是希望讀者能開口說活生生的韓國語句型，當然，相關的文法都可以參閱敝人其他陋作。

另外要特別感謝我的韓國友人慎希宰為我審閱稿件，以及提供寶貴的建議；也特別感謝我親愛的學生們，在課堂上與我對談而激盪出創作的火花。最後，也感謝讀者的購買，有各位實質的支持，讓我們在韓語學習以及教學方面都更有信心，謝謝您們。

當然書中，文字若有謬誤，理當由我負起責任，也敬請各位韓語大家指教。謝謝。

筆者 陳慶德 敬上

於國立首爾大學（Seoul National Univ.）

冠岳山研究室

2014 年 6 月甲午年 夏

Contents

ㄴ

ㅅ ㅆ

Part I
慣用句韓語

ㄱ
ㄲ

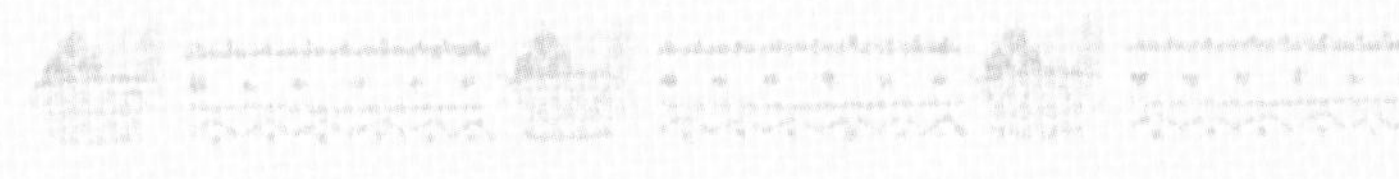

가장 긴급한 일은~이다 ♫001

最緊急的事情是……

例句 지금 가장 긴급한 일은 빨리 학교에 가는 것이다.
現在最緊急的事情是快點去學校。

현재의 상황에서 가장 긴급한 일은 최대한 빨리 구급차를 부르는 것이다.
現在的情況最急的就是趕快叫救護車。

單字
지금: 現在
상황: 局面、情況
최대한 빨리: 最快地、盡快地
구급차: 救護車
부르다: 呼叫

결코~이/가 아니다 ♫002

並不是……

例句 아르바이트는 결코 대학생이 가장 열중할 일이 아니다!
打工不是大學生應該熱衷的事情。

單字
대학생: 大學生

♫ 003

거의 ~과/와 마찬가지다 = 거의 ~과/와 같다

幾乎和……差不多、一樣；幾乎和……相同

例句 요즘 대만의 경제가 많이 나빠졌는데 거의 한국과 마찬가지였다.

最近台灣的經濟變得很差，幾乎和韓國差不多。

그 유학생이 한국어를 잘하니까 거의 한국 사람과 같아요.

那位留學生韓文說得很好，幾乎和韓國人一樣（流利）。

單字
요즘: 最近
경제: 經濟
유학생: 留學生
한국어: 韓文
잘하다: （某事物做得）很好

가문이 몰락하다

♫ 004

家道中落

例句 누구나 가문이 몰락하는 일을 당하고 싶지 않아요.

不管是誰都不想遭遇到家道中落這件事。

單字
몰락하다: 沒落
당하다: 遭遇、遭受

그 누구보다도 ~하다 ♫005

比起誰都……；比起誰最……

例句

당신은 그 누구보다도 저의 마음을 아는 친구입니다.
您是最瞭解我心意的朋友了。

민애는 그 누구보다도 착해요. 절대 나쁜 짓을 하지 못할 것입니다.
珉愛比誰都乖。絕對不可能做出壞事來。

그녀의 외모는 그 누구보다도 예뻐요.
她的外表不管跟誰比起來，都是最漂亮的。

單字

친구: 朋友
절대: 絕對
나쁜 짓을 하다: 做壞事

그렇지 않으면 ♫006

如果不是這樣的話……

例句

그렇지 않으면 정말 큰일이 날 것 같아요.
如果不是這樣的話，真的會出事的。

그렇지 않으면 우리는 다음에 같이 가자.
這樣的話（今天不方便的話），下次我們再一起去就好囉。

單字

같이: 一起

결론적으로 말하자면 ♫007

總而言之；結論就是……

例句 결론적으로 말하자면 저희는 대학교육을 무상으로 지원해야 하는 제안을 반대합니다.
總而言之，我們反對提供免費受大學教育的提案。
결론적으로 말하자면 그는 대한민국의 가장 대표적인 가수이다.
結論就是，他是韓國最具代表的歌手。

單字
교육: 教育
우상: 免費
지원하다: 提供
제안: 提案
반대하다: 反對
대표적: 代表的
가수: 歌手

고생하다 ♫008

辛苦、吃苦頭、受累

例句 부모님께서는 저를 찾느라고 고생이 많았어요.
爸媽為了找我，吃了很多苦頭。

單字
찾다: 尋找

♫009

가장 잘하는~= 가장 자신 있는

最拿手的事情是

例句 노래를 부르는 것이 내가 가장 잘하는 것이야.
唱歌是我最拿手的事情了。
내가 가장 잘하는 것이 번역이야.
我最拿手的事情是翻譯（筆譯）。

單字 노래：歌曲
가장：最
번역：翻譯（筆譯）

그런데 저는요?

♫010

那麼，至於我呢？那麼，我呢？

例句 그런데 저는요. 소녀시대가 제일 좋아요.
至於我呢，最喜歡的就是少女時代。
당신은 소주는 좋지만, 저는요, 맥주가 더 좋아요.
您喜歡燒酒，至於我呢，我更喜歡啤酒。

單字 제일：第一、最
소주：燒酒
맥주：啤酒

괜찮으시면 ♫011

您不介意的話、您方便的話……

例句

괜찮으시면 우리 내일 술 한 잔 할까요?

您不介意的話，我們明天喝一杯好嗎？

괜찮으시면 전화번호를 좀 가르쳐 주시겠어요?

您不介意的話，可以告訴我您的電話嗎？

單字

내일: 明天

전화번호: 電話號碼

가르치다: 告訴

곤경에 빠지다 ♫012

陷入到……的困境、窘境中

例句

최근 대만의 정치가 곤경에 빠졌다.

最近台灣陷入政治（鬥爭）的困境裡。

전세계가 경제의 불경기 곤경에 빠졌다.

全球陷入到經濟不景氣的窘境。

單字

최근: 最近、近來

정치: 政治

전세계: 全世界、全球

불경기: 不景氣

결국에는

♪013

結果是、結局是……

例句 결국에는 두 사람이 헤어졌어요.

結果是兩個人分手了。

결국에는 헛소문이야.

結果只是個假消息。

單字 헛소문: 流言、假消息

~기회를 놓치다

♪014

錯過……的機會

例句 이번 취직기회를 놓치면 안 된다.

你不可以錯過這次的就職機會。

당신이 이번 결혼할 기회를 놓치면 앞으로 후회할 것입니다.

如果錯過和您結婚的機會的話，我想以後我會後悔的。

單字 취직하다: 就職

결혼하다: 結婚

후회하다: 後悔

~관계를 유지하다 ♫015

維持、保持著……的關係

例句 저의 생각에는 우리는 보통의 친구 관계를 유지하는 것이 더 나아요.

我覺得我們還是保持著普通朋友的關係比較好。

單字
보통: 普通
친구: 朋友
낫다: 好、佳

거들떠보지도 않다 ♫016

置之不理、不理不睬、無視之

例句 내가 무슨 실수를 했어? 왜 나를 항상 거들떠보지 않아?

我有做錯什麼事情嗎？為什麼你常常對我不理不睬的呢？

單字
무슨: 什麼
실수: 疏忽、失誤

ㄱ ㄲ

꿍꿍이 속이 있다 ♫017

心裡打什麼主意、心裡有鬼

例句 무슨 꿍꿍이 속이 있어요?
妳究竟在打什麼主意？
알고 보니까 꿍꿍이 속이 있었구나.
我看你心裡明明有鬼。

單字 무슨: 什麼

가장 잘 하다 ♫018

最擅長的事情、拿手的事

例句 춤을 추는 것이 내가 가장 잘 하는 것이야.
跳舞是我最擅長的事情。

單字 춤추다: 跳舞

고수 ♫019

高手

例句 경덕이 야말로 요리고수입니다.
慶德的確是做菜的高手。

꿈에도 생각 못하다 ♫020

沒想到、作夢也沒有想到

例句
꿈에도 생각 못했어. 나를 배신했어.
沒想到你竟然背叛了我。
장학금을 받는 것은 정말 꿈에도 생각 못 했어요.
我真的作夢也沒想到我得到了獎學金。

單字
배신하다: 背叛
정말: 真的

근거 없는 소문 ♫021

無事實根據的消息、小道消息

例句
이것은 그냥 근거 없는 소문이야. 믿지 말아.
它只是小道消息。你不要相信。

單字
믿다: 信任

깨닫게 되다 ♫022

想通了、領悟了

例句 걱정해 주셔서 감사드립니다. 저는 이미 모든 것을 깨달았어요.

真的很感謝您替我擔心，我已經想通了（所有事情）。

가족이 가장 중요한 것을 저는 마침내 깨닫게 됐어요.

我終於領悟到家人是重要的（事情了）。

單字 가족: 家人

중요하다: 重要的

마침내: 終於

경멸 ♫023

小看、輕蔑

例句 그건 도대체 경멸인가 아니면 동정인가?

（這樣的態度）到底是小看還是同情呢？

동정: 同情

【語言的世界—우리（我們）】

一個國家的語言決定他們的思想模式與文化。

筆者以前在韓國當地語言中心學韓語時，課堂上韓語老師教了一個很奇怪的用法，就是：

우리 나라（國家）

우리 가족（家族）

우리 아버지（父親）

우리 학교（學校）

우리 방（班級）……等等。

「우리」兩個字用中文翻譯，是—「**我們**」、「**咱們**」的意思。

「우리」這兩個字經常可以在韓國人生活中聽到，特別是上述幾個名詞幾乎都會一起搭配著使用。

但是在中文語言的世界裡，我們很少說：「**我們**的國家怎麼怎麼樣…」或者是「**我們**的房間怎麼怎麼樣…」這樣的說法，對我們中文世界的人來說，這個用法是很特別的。

對於韓國人來說，單指「我」以及「我的」的意思，可以用「나」、「내」、「저」、「제」(只不過有半語跟敬語之別)四字來表達，可以說韓文並不缺乏表達：「我」、「我的」意思的

詞彙；但是在韓國人思維中，有些東西，不能屬於「我的」，而是要是同屬於「我們的」（우리），比如「學校」、「國家」或者是「家人」等等。

而從這樣的語言概念引申出的文化也就有趣了。

韓國人（或者包含日本人）對台灣人而言，我們都會認為他們沒有「公筷母匙」的文化，因為他們習慣吃著對方的飯菜，甚至喝著對方的湯。和韓國人吃飯的時候，也一定是大鍋湯或是大鍋飯，大家的湯匙跟筷子在裡面舀湯跟夾菜，對於韓國人來說這樣的行為是不以為意的。

在路邊有許多賣著黑輪串的小攤飯，攤販前面擺的是一個大家共用的醬油罐，讓客人自己沾醬來吃黑輪，在還未經過嘴中的黑輪直接沾醬油，其實是不會不衛生的，但是就吃了一口後，再把黑輪放入這個醬油罐裡，對台灣人來說難免會覺得不衛生，萬一有人感冒或是B型肝炎……等等，但是我猜韓國人應該沒有像我們這樣的想法顧慮吧？因為他們的思考模式是「우리」，所以很多東西大家應該是可以一起共用的。

所以來到韓國時，記得有些事情不要只用「我」這個字或想法來試探他們，如果你想要了解這個「烏里」（우리）的世界，就請多多使用「우리」這個詞吧！

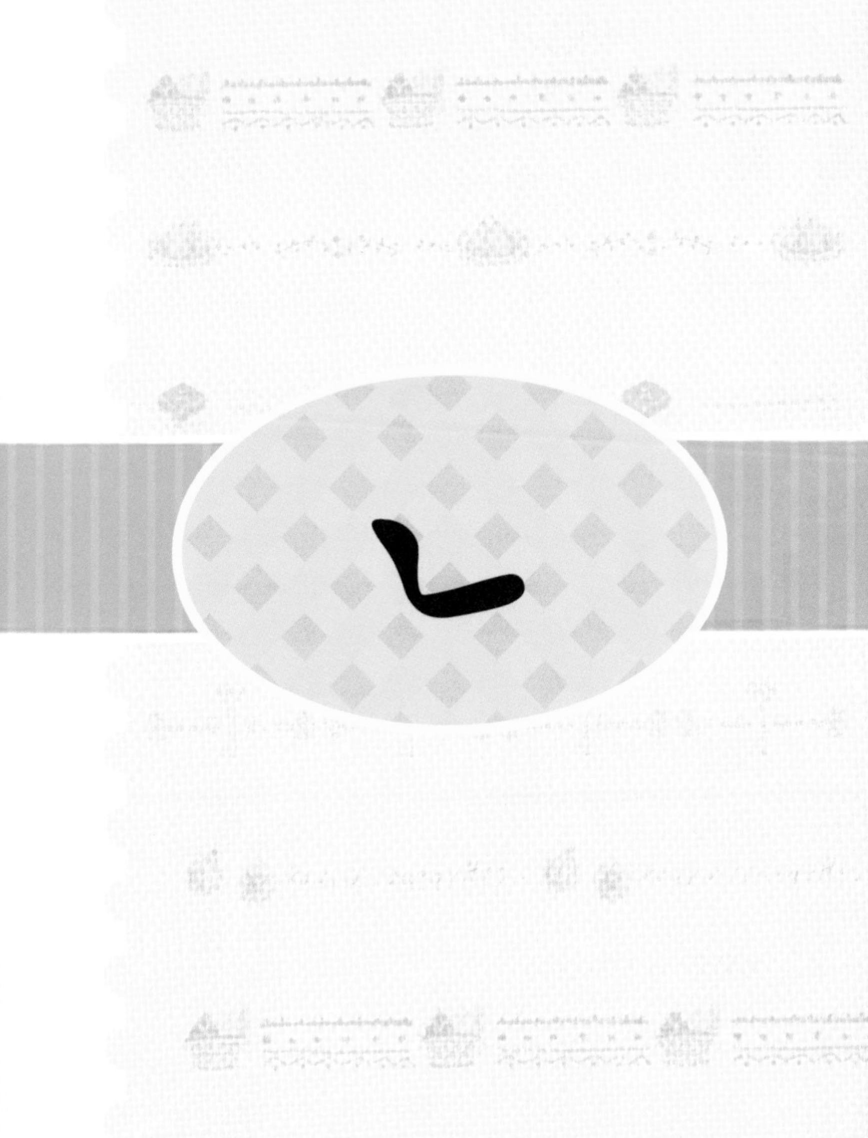

누구에게 본때를 보여주다 ♫024

給某人顏色瞧

例句 이 원수를 잊을 수가 없어. 앞으로 반드시 그에게 본때를 보여주고 말겠다.

這仇我不會忘記，以後一定會給他顏色瞧瞧。

單字 원수: 仇恨

반드시: 一定

넋을 잃다 ♫025

發呆、晃神

例句 왜 넋을 잃고 있어?

你為什麼在發呆？

무슨 일이 생겼어? 하루 종일 넋을 잃고 있어.

你怎麼了？（看你）一整天都在晃神。

單字 생기다: 發生（事情）

누구의 말을 다 듣다 ♫026

把某人的話全部聽完

例句

그렇게 흥분하지 마. 일단 엄마의 말을 다 듣고 결정을 해.

不要這麼激動，先把媽媽的話全部聽完後再決定。

우선 제 말을 다 들어보세요.

先請您聽完我的話。

單字

흥분: 激動

일단: 首先

듣다: 聽

결정: 決定

우선: 首先

눈에 차지 않다 ♫027

看不上眼、不以為意

例句

그녀의 눈이 엄청 높아. 평범한 사람이 그녀의 눈에 차지 않아.

那個女生的眼光非常高，她根本就看不上平凡的一般人。

單字

엄청: 非常、十分

높다: 高

평범한 : 平凡的、一般的

눈에 보이는 것이 없다 ♫028

沒有把人放在眼裡、目中無人

例句

너 눈에 보이는 것이 없어? 너무 교만해.

你真的太目中無人，太傲慢了。

선생님까지 무시했어? 너 눈에 보이는 거 없어?

連老師你都無視於衷？你真的都不人放在眼裡？

單字

교만하다: 傲慢、驕傲

선생님: 老師

내 마음 속에서는 ♫029

在我內心深處、心底

例句

내 마음 속에서는, 민애씨는 천사같은 여자예요.

在我內心深處覺得珉愛像是天使般的女孩。

내 마음 속에서는 중국이 역사가 깊은 나라라고 생각되고 있어.

我心裡認為中國是個歷史悠久的國家。

單字

천사: 天使

깊다: 深的

♫030

누구를 위해 억울함을 호소하다

為了某人討回公道

例句

많은 재해민들은 대통령께 그들 자신을 위해 억울함을 호소하고 있다.

許多受災戶要求總統幫他們討回公道。

單字

재해민: 受災戶

대통령: 總統

늦어도

♫031

最遲、最晚

例句

늦어도 토요일까지 다 완성해야 돼.

最晚在星期六之前，一定要完成才行。

늦어도 내일까지 돈을 갚아 줄게요.

最遲明天，我一定把錢還給您。

單字

토요일: 星期六

완성하다: 完成

돈을 갚다: 還錢

누구의 탓으로 돌리다 ♫032

把罪推到某人的頭上

例句 이번 불행한 사건은 응당 정부에 그 탓을 돌릴 수 있다.

這次不幸的事件應該歸咎於政府。

모든 탓을 모두 남에게 돌리지 말아요.

不要把所有的錯誤都往別人身上推。

單字 불행하다: 不幸的

사건: 事件

응당: 應該

남: 別人

누구를 위해 고려하다 ♫033

替某人進行考量、考慮到某人

例句 부모님을 위해 고려하세요. 너무 이기적으로 행동하지 말아요.

請您多替父母親想想，（自己）不要太自私地行動。

누구를 탓하다 ♫034

怪罪於誰、歸咎錯誤於誰

例句

동생을 탓하지 말아. 일부러 그런 것도 아닌데.

不要再怪罪弟弟了，他又不是故意的。

영미만 탓해서는 안 된다. 이번 실수는 모두에게도 책임이 있다.

不要只怪英美，這次的失誤大家都有責任。

單字

일부러: 故意

실수: 失誤、錯誤

책임: 責任、負責

누구의 말대로 하다 ♫035

聽誰的話而行事

例句

저의 말대로 한 번 해 보세요.

就聽我的話試一次看看。

부모님의 말대로 했더라면 그렇게 상처를 안 받았을 것 같습니다.

如果我有聽爸媽的話去做，現在就不會受到這樣的傷害了。

상처를 받다: 受傷、創傷

누구에게 잘 대해주다 ♪036

對待某人不薄

例句 알바야, 이 손님에게 잘 대해 줘라.
打工的，你要好好招呼這位顧客啊！

補充 내가 평소 경덕이에게 잘 대했는데, 왜 경덕이가 나를 배신했을까?
我平常對慶德不薄，為什麼慶德他要背叛我呢？

單字 평소: 平常、平日
배신하다: 背叛

누구에게 진심으로 대하다 ♪037

對某人是真心真意的、真心真意地對待某人

例句 저는 당신에게 진심으로 대하는데 저의 마음을 받아주시면 안 돼요?
我對您是真心的，但是您不能接受我的心意嗎？

單字 다하다: 對待
마음: 心
받아주다: 接受

누구에게 맡기다

♫038

把事情交待到某人身上、某人承接某件事情

例句
이 계획을 저에게 맡기세요.
這計畫就交給我來做吧。
경덕에게 맡기면 아무 문제가 없을 것 같아요.
如果交給慶德的話，就不會有問題了。

單字
계획: 計畫
문제: 問題

누구에게 폐를 끼치다

♫039

給某人添麻煩、造成某人的困擾

例句
미안해요. 전에 제가 당신에게 많은 폐를 끼쳐 드렸으니까요. 용서해 주세요.
對不起，以前給您添了很多麻煩，請原諒我。

單字
전에: 以前
용서하다: 原諒、寬容

누구에게 부탁하다 ♫040

跟誰拜託、託付給某人

例句 윤수형, 우리 아들을 당신에게 부탁해요. 잘 해주시길 바랍니다.

潤珠兄，我的兒子就拜託您了。請您一定要好好照顧他。

單字 아들: 兒子

남부끄러운 일 ♫041

做了見不得人的事情、丟臉的事

例句 그런 남부끄러운 일을 해서 내 얼굴을 볼 면목이 있어?

你做了那麼不要臉的事情，還有什麼顏面來見我？

單字 면목: 顏面

누구에게 공을 돌리다 ♫042

把功勞歸於誰、歸功於誰

例句

이번 성과는 여러분의 도움에 공을 돌립니다.

這次的成果全歸功於大家的幫忙。

이번의 성공은 김 실장에게 공을 돌릴 수 있으니까 여러 분은 박수 치세요.

這次的成功可歸功於金室長，請大家拍手、鼓掌。

單字

성과: 成果
도움: 幫忙
성공: 成功
실장: 室長
박수 치다: 拍手、鼓掌

누구에게서 영향을 받다 ♫043

受某人的影響

例句

저는 아버지에게서 영향을 많이 받아서 어릴 때부터 서예를 좋아해요.

我受我父親很大的影響，所以我從小開始就喜歡書法。

후설은 브레타노에게서 영향을 많이 받았어요.

胡塞爾受到布倫塔諾很大的影響。

單字

어리다: 幼小的、年少的
서예: 書法

눈치

♫044

眼色、臉色

例句 야, 남의 눈치를 좀 봐.

喂，你看看別人的臉色吧。

ㄴ

【首爾街頭速寫—交通篇】

在韓國首爾街道上，機車的數量少得驚人，且這邊的道路也沒有所謂的機車專用道。

根據筆者的觀察，會騎機車的韓國人只有三種，第一種是「경찰」（警察）。就是在市區執行公務的交通警察，但是大部分的警察還是以開車子居多。當年筆者到韓國唸書時，大約是經過了一個多小時才在路上看到摩托車，而騎著摩托車的人便是警察先生。

第二種人則是所謂的「外送人員」（배달부）。外送的食物大部分是炸醬麵或比薩居多。當韓國天氣比較冷或是下雨天人們懶得出門時，總是可以看到他們外送生意特別好，穿梭在大街小巷內。

韓國外送人員的技術也很好，常常看到他們總是一手握著機車把手，一手提著大大的保溫箱騎著打檔車，到目前為止筆者都還沒有看過外送人員摔車的。

第三種人，就是「飆車族」（폭주족）。

這種人筆者我看過一次，就在梨花女子大學附近，真的就是飆車族！

騎的是很粗曠的哈雷重型機車，大約有十幾個人，他們的打扮就是綁著長長的黑色頭巾、穿著黑色皮衣皮褲。那時我看到很多女生都不敢在他們等紅綠燈時，走過斑馬線(韓國的飆車族還等紅燈？)。

除此之外，其他騎機車的人大多是玩票性的學生，不過都韓國人還是以重型機車居多，沒有所謂的小綿羊（50cc.）[1]！

最近因為韓國車量越來越多，尤其是首爾，因此韓國政府為了要控制車流量，推出了一種管制方式：在車子上貼上標籤（計程車除外），標籤上會標示著某一天，例如「금（요일）」，就是星期五「金曜日」簡寫的意思。

「제 차는 금요일에 쉬어요.」（我的車子星期五休息。）

換句話說，這輛車子在星期五的時候不能上路，因為要是首爾的車子同時到路上的話，一定會造成交通大塞車。因此韓國政府才採取這一項措施[2]。

不管如何，韓國的街道與台灣的街道是呈現出不同的風貌。

❶ 這些玩票性的學生也會因為受天氣的限制而無法騎車，像是下雪時因為地滑，萬一技術不好的學生騎車，是很容易摔個四腳朝天的，因此在冬天時鮮少會看到有摩托車的出入。

❷ 目前僅看過周一到周五的標籤，而周六和周日的標籤應該是沒有的。

ㄷ
ㄸ

단지 ~하는 수밖에 없다 ♫045

只不過是……罷了

例句 우리는 단지 만나서 이야기 하는 수밖에 없습니다.
我們只不過是見個面、聊個天而已。

補充 이 문제가 단지 너의 문제가 아니라 우리의 문제이다.
這個問題不僅僅是你的問題，而是我們大家的問題。

單字 문제: 問題
우리: 我們

다른 선택의 여지가 없다 ♫046

沒有其他的選擇、餘地

例句 나는 다른 선택의 여지가 없어서 대출했어.
我因為沒有其他的選擇，所以只好去貸款。
나는 다른 선택의 여지가 없어서 수술을 받는 수밖에 없어.
我因為沒有其他的選擇餘地，只好接受手術治療。

單字 대출하다: 貸款
수술을 받다: 接受手術

다행히 ~망정이지, 그렇지 않으면 ♫047

幸好是……，要不然的話就……

例句

다행히 네가 내 곁에 있었기에 망정이지 그렇지 않으면 내가 정말 죽었을 거야.

幸好有您在我身邊，不然的話我真的會死掉。

다행히 검사를 받았기에 망정이지 그렇지 않았으면 큰일 났을 것 같습니다.

幸好有接受檢查，要不然真的會出事。

單字

죽다: 死亡

검사: 檢查

당신과는 무관하다 ♫048

和您沒有關係、不關您的事情

例句

신경을 쓰지 마세요. 이 사고는 당신과는 무관합니다.

請不要費心了。這事故和您沒有關係的。

이 일은 우리의 여동생과는 무관합니다.

這事情和我妹妹沒有關係。

여동생: 妹妹

ㄷ ㄸ

단지 ~만 하면 충분히 ~하다 ♫049

只要……，就足夠、滿足……

例句 모든 부모님은 단지 자기 자식이 건강하기만 하면 충분합니다.
所有的父母親只要自己的小孩健康就滿足了。

補充 당신이 나를 사랑한다는 말만 들어도 저는 매우 만족해요.
從您那邊聽到您愛我這句話，我就（十分）心滿意足了。

單字 만족하다: 滿足、心滿意足

됐어요 = 그만 두세요 ♫050

算了；做罷

例句 됐어요. 우리는 그만 해요.
算了，我們就這樣結束（分手）吧。
됐어. 더 이상 얘기하지 마.
算了，不要再說了。

單字 얘기하다: 聊天、言談

♫ 051

다시 ~하다 = 다시 새롭게 하다

重新做某事

例句 우리 식당이 요즘 영업을 다시 시작했어요.
我們餐廳最近開始重新營業。
우리 다시 시작하면 안 될까요?
我們重新開始（交往）不行嗎？

單字 식당: 餐廳
요즘: 最近
영업: 營業

단도직입적이다

♫ 052

直截了當、簡潔有力

例句 단도직입적으로 이야기해요.
我就直截了當地說了。
단도직입적으로 말해서 그 친구가 능력이 부족해요.
坦白的說，那位朋友的能力不夠。

單字 능력: 能力
부족하다: 不足

♫ 053

다음에 다시 도전하다 = 다음에 다시 오다

下次再度挑戰、嘗試

例句 힘 내. 이번에 졌지만 다음에 다시 도전하면 되잖아.
加油，這次雖然輸了，但是下次再挑戰也是可以的。

單字 힘을 내다: 加油
지다: 輸、失敗
도전하다: 挑戰

♫ 054

당신이 없었더라면 = 당신이 아니었으면

如果沒有您的話、如果不是您的話

例句 당신이 없었더라면 저는 성공할 수 없습니다.
如果沒有您的話，我就不能成功了。
너가 아니었으면 나는 한국에 유학하러 올 수 없어.
如果不是你的話，我就不能到韓國留學了。

單字 성공하다: 成功
유학하다: 留學

당신 덕분입니다 ♫055

多虧了您、幸虧有您

例句
당신 덕분에 이번 경기를 이겼습니다.
多虧了您，這次比賽才能獲勝。
선배님 덕분에 좋은 보고서를 쓰게 됐어요.
幸虧有學長，讓我寫出好的報告。

單字
이기다: 贏、獲勝
선배: 學長
보고서: 報告

당신 말을 듣고 나니 ♫056

～聽了您的話之後

例句
당신 말을 듣고 나니 마음이 시원해졌어요.
聽了您說的話後，讓我心情變得愉快。
당신 말을 듣고 나니 이상한 기분이 들었어.
聽了您說的話後，我的心情感覺很奇怪。

單字
시원하다: 愉快、舒服的
이상하다: 奇怪的

당신을 두고 말하다 ♫057

我說的就是您

例句 왜 그렇게 민감해요? 제가 당신을 두고 말한 것이 아닙니다.

為什麼這麼敏感呢？我說的又不是您。

單字 민감하다：敏感

당신의 그 몇 마디 말만으로도 ♫058

只要有您這幾句話就……

例句 당신의 그 몇 마디 말만으로도 아무리 힘들어도 견뎌야 하겠다.

只要有您這幾句話，不管有多苦我一定會撐過去的。

그의 몇 마디 말만으로도 나는 그가 허풍을 할 줄 알아.

從他說的這幾句話，我就知道他在吹牛。

單字 견디다：撐、忍受

허풍：吹牛

당신 마음 다 알아요 ♫059

我了解您的心意、心情

例句 말을 안 해도 돼요. 당신 마음 저는 다 알아요.
您不說也可以，您的心情我全部瞭解。

당신의 말에 따르면 ♫060

照您這麼說來、如您所說的話……

例句 당신의 말에 따르면 제가 생각을 잘 못했어요?
照您這麼說來，是我想錯了嗎？
당신의 말에 따르면 이번 신청이 이미 마감됐어요?
如您所說的話，這次的申請已經截止了嗎？

單字 신청: 申請
마감되다: 截止、額滿

뒷북치다 ♫061

放馬後砲、事後說風涼話

例句 뭐야. 지금 제시한 의견은 다 뒷북치는 것이 아니야?
什麼呀，你現在提出的意見不是在放馬後砲嗎？

單字 제시하다：提出來、揭示、講出來

대단하다 ♫062

了不起、不簡單

例句 어린 나이에 이미 책 열권을 내다니 정말 대단합니다.
小小年紀就已經出了十本書，真的很不簡單。
그가 나라를 위하여 자신을 희생한 것은 정말 대단하다.
他為了國家犧牲自己，真的很了不起。

單字 어리다：年輕、幼小的
이미：已經
권：卷（量詞）
희생하다：犧牲

대박

♫063

不簡單、厲害、偉大（表示驚訝時，所用到的感嘆詞）

例句 우와. 대박!
哇，不簡單。

두고 보다

♫064

走著瞧、小心點、我倆勢不兩立

例句 앞으로 우리 두고 보자.
以後我們走著瞧。

떼를 쓰다

♫065

無理取鬧

例句 그 사람들 정말 경우가 없어. 어쩌면 그렇게 떼를 쓸 수가 있어.
他真的很不講道理，怎麼能夠這樣無理取鬧。

【韓國飲食速寫】

韓國飲食以辣聞名，但是除了辣之外，它的油煙味真的讓人吃不消。

韓國飲食跟台灣比較起來，油少了很多，菜本身並不會太油膩，但是它的油煙味沾上衣服卻是讓人覺得難受。

往往一道餐吃下來，從身上就可以聞出來你中午吃了什麼，是「辣豬肉飯」（제육덮밥）還是「烤肉」（불고기）或是「部隊火鍋」（부대찌개）等等，很難讓人想像，這麼清淡的東西卻可以在衣服上留下濃濃的味道。

印象最深刻的事情是，筆者還在韓國求學時，有個日本朋友因為要去雪嶽山旅行向我借了一件外套，當天日本朋友約晚上十一點回來還我外套時，我正覺得奇怪是不是有人在宿舍煮東西，不然怎麼會有一股香味？仔細一聞才發現那個味道是從外套散發出來的。我想他們那天吃的應該是雞肉吧？問了日本朋友後，果真他們中午吃了雞肉，因為前往雪嶽山的路上會經過「春村」（춘촌），而春村最有名的菜色就是「辣炒雞排」（닭갈비）了，不過沒想到中午的味道殘留在我外套上已有半天之久，竟然還濃濃得無法散去。

還記得有一次，筆者在學校餐廳吃完晚飯後到圖書館自習，但是因為自己身上所殘留下來的飯菜味，濃得讓我受不了，只好又跑回宿舍換件衣服後再回圖書館。

當然韓國人也發明了一種噴劑，類似空氣清新劑，但是主要用途則是噴灑在剛吃過飯的衣服上，減少身上的油煙味。

另外韓國人每餐必備的小菜—「泡菜」，也是吃完之後，嘴裡會留下濃濃的醃製味。所以有的餐廳在飯後，會提供一顆類似薄荷糖的小糖果，或者是免費的自動販賣機咖啡，供客人吃完飯後飲用，來消除口中的氣味；除此之外，韓國人總是會隨身攜帶著小牙刷以及牙膏，因此往往在用完餐後，就可以看到一群韓國人來到洗手間刷牙。

當然，想要拒絕這種油煙味的方法，除了在吃飯前把所穿的外套以及圍巾取下，把「傷害」減到最低之外[3]，或者可以學習當年留學時的歐美朋友，他們在餐廳點完菜後，在餐點上桌之前就把身上的外衣脫掉，穿件簡單的 T-Shirt 吃飯，我想這應該是最直接可以避免油煙味的方法了。

*韓國人的飲食非常注重「調味醬」（양념），他們認為若是在不同的菜色中，搭配著適當的調味料，便可以把菜的味道提升出來，使飯菜更顯得鮮美；我想，韓國料理會具有這麼濃厚的味道，最大因素都是使用調味醬所導致的吧。

❸ 近年來在韓國餐廳內，也可以看到店家提供顧客一個大的塑膠袋，讓客人把脫下來的外套放進去袋子內，以免外套、衣服沾到濃厚的飯菜味。

Notes

口

♪066

만약 저였다면 = 만약에 저라면

～如果是我的話，……

例句

만약 저였다면 바로 나가겠어요.

如果是我的話，就馬上出去了。

만약에 저라면 쉽게 넘어가지 않아요.

如果是我的話，是不會輕易放過的。

單字

바로: 馬上

나가다: 出去

쉽게: 簡單地

넘어가다: 過去、放過

매우 ～하고 싶다

♪067

非常想要做某事

例句

나는 서울대학교를 매우 다니고 싶어.

我非常想要上國立首爾大學。

지금 한국에 매우 가고 싶습니다.

我非常想要去韓國。

單字

다니다: 去、來往

말은 그럴 듯하지만 ♫068

～話這麼說是沒錯，但是……

例句 말은 그럴 듯하지만 좀 심하지 않을까요?
話這麼說是沒錯，但是你不會說得太嚴重了嗎？
말은 그럴 듯하지만 실행이 매우 어려워요.
話這麼說是沒錯，但是做起來很難。

單字 심하다: 嚴重、過份
실행: 實施
매우: 太、非常
어렵다: 困難

♫069

무슨 희망이 있으리 = 무슨 의미가 있으리

有什麼希望呢；沒有意義

例句 내가 사랑하는 사람은 죽었는데 앞으로 살아봐야 그 무슨 의미가 있겠어?
我愛的人已經去世了，以後我活著還有什麼意義呢？

모두 다 ~하다

♪070

全部都……

例句 나는 소설을 매우 좋아해. 유럽의 유명한 소설 작품들을 모두 다 읽어 봤다고 말할 수 있어.
我非常喜歡看小說，我可以說是把歐洲所有著名的小說作品都看過了。

單字
소설: 小說
유럽: 歐洲
유명하다: 有名的
읽다: 唸、讀

ㅁ

♪071

만약 ~한다면 그 얼마나 좋을까?

萬一……的話，那該有多好呢？

例句 만약 내가 부자가 된다면 얼마나 좋을까?
如果我成為富翁的話，那該有多好呢？

補充 내년에 졸업할 수 있다면 그 얼마나 좋을까?
如果我明年能夠畢業的話，那該有多好呢？

單字
부자: 富翁
졸업하다: 畢業

몹시 ~하다

♫072

非常的……

例句 나는 몹시 배가 고파. 먹을 것이 없어?

我肚子非常餓，沒有吃的嗎？

주말에 몹시 심심해요.

週末真的非常無聊。

單字 주말: 週末

심심하다: 無聊

♫073

모든 전력을 다 쏟다 = 모든 힘을 다 쏟다

使出渾身解數；用盡全部的力量

例句 우리는 이기기 위하여 모든 전력을 다 쏟았어. 아쉽지만 결국 1[일]:0[영]으로 졌다.

我們為了要贏使出渾身解數，但是很可惜還是以一比零輸了。

單字 아쉽다: 可惜

지다: 輸

말조심하다 ♫074

說話小心一點

例句 말조심하시오. 아니면 큰일이 날 것 같아요.
說話請小心點，不然真的會出事。
말조심하시오. 여기는 법정입니다.
說話請小心點，這裡可是法庭呢。

單字 여기: 這裡
법정: 法庭

ㅁ

마음속으로 ♫075

打從心底；從心裡面

例句 저는 마음속으로 당신을 잊어버릴 수 없어요.
打從心底我就忘不了您。
저는 마음속으로 이 계획이 불가능하다고 생각합니다.
我打從心裡想，就覺得這個計畫不可行。

單字 잊다: 忘記
계획: 計畫
불가능하다: 不可能、不可行

마음속으로 다 알다 ♫076

心裡全部都知道

例句

당신의 소원은 무엇인지 저는 마음속으로 다 압니다.

你的願望是什麼我心裡全都知道。

남동생이 어찌 생각하는지 나는 마음속으로 다 알아.

弟弟想什麼，我心裡全知道。

單字

소원: 心願

남동생: 弟弟

마음이 편하다 ♫077

心底自在、舒適

例句

너랑 같이 있을 때 마음이 너무 편해요.

跟你在一起的時候，我的心裡是很自在舒服的。

마음 편하게 연락해 주세요.

請您不要覺得有負擔地跟我聯絡。

單字

너무: 非常

편하다: 舒適、舒服

연락하다: 聯絡

마음속으로 죄책감을 느낍니다 = 마음속으로 죄책감이 있다 ♫078

心裡感到內疚

例句 어제 부모님에게 거짓말을 세 번이나 해서 지금 마음속으로 매우 죄책감을 느낍니다.

到現在我的心裡還是覺得非常內疚，因為昨天我對父母撒了三次謊。

돈을 이렇게 많이 썼는데 너의 마음속에 일말 죄책감이 없어?

你花了那麼多錢，心裡都不會一絲絲內疚嗎？

單字 거짓말: 謊言

일말: 一絲、絲毫

맨 마지막으로 ♫079

～最後一次……

例句 이번이 제가 맨 마지막으로 당신에게 부탁하는 일입니다.

這次真的是我最後一次向您拜託的事情。

單字 일: 事情

모두가 다 그렇다 ♫080

都是這樣子的、多半如此

例句 학생들은 모두가 다 그렇지 뭐.
學生們都是這樣的，不是嗎？

補充 남자는 모두가 다 여자에게 칭찬 받기를 좋아해요.
男生多半喜歡從女生那邊聽到誇獎的。

單字 모두: 所有的
칭찬: 稱讚、誇獎
좋아하다: 喜好、喜歡

모두 너 때문이야 ♫081

全部都是因為你的錯、都是因為你

例句 모두 너 때문이야. 망쳤어.
全部都是因為你的關係，所以（事情）才會搞砸了。
버스를 못 탄 것이 모두 동생 때문이야.
都是因為弟弟的關係，所以我才沒搭到公車。

單字 망치다: 搞砸、失敗
타다: 搭乘

ㅁ

마침 ~하는 중이다

♫082

剛好在做某事情中

例句 어제 선영누나가 저를 찾으러 왔을 때 저는 마침 영화를 보는 중이었어요.

昨天仙英姊姊來找我的時候，我剛好在看電影。

전화벨이 울렸을 때 나는 마침 샤워하는 중이었어.

電話響的時候，我剛好在洗澡。

單字
누나: 姊姊（男生用）
마침: 剛好、湊巧
영화: 電話
울리다: 響
샤워하다: 沖澡

ㅁ

무슨 일에나 처음이 있다

♫.083

凡事都有第一次

例句 무슨 일에나 처음이 있으니까 긴장하지 마세요.

凡事都有第一次，請您別緊張了。

單字
긴장하다: 緊張

♫ 084

말을 터놓고 하다 = 쉽게 말하다

～說白一點；簡單一點地說，……

例句 말을 터놓고 하면 네가 나쁜 사람이야.

說白一點，你是壞人。

쉽게 말하면 우리 그만 해.

簡單地說，我們分手吧。

單字 나쁘다：壞、不好的

모두 누구의 덕분이다

♫ 085

全部都託誰的福、全多虧了誰……

例句 오늘의 내가 있는 것은 모두 이교수님의 덕분이다.

我能有今天，全部都是托李教授的福。

이번 계획이 잘 된 것은 모두 사원 여러분의 덕분입니다.

這次多虧了公司全體員工的努力，讓計畫能夠順利實施。

單字 오늘：今天

계획：計畫

사원：公司職員

만나게 되다 ♪086

遇見、遇到

例句 올해 겨울에 나는 마음에 드는 사람을 만나게 됐어.
今年冬天，我終於遇到了我中意的人。

補充 저는 아직 이상형을 만나지 못 했어요.
我到現在還沒遇到我理想的夢中情人。

單字
아직: 尚未、還沒
이상형: 理想型、夢中情人
겨울: 冬天
마음에 들다: 中意的、合我心意的

뭐 그리 대단해 ♪087

究竟（你）有什麼了不起的、臭屁

例句 그는 선배를 봐도 인사 안 해? 뭐 그리 대단해?
你看到學長都不打招呼啊？ 你究竟有什麼了不起？

單字
인사하다: 打招呼
대단하다: 很厲害、了不起

ㅁ

무슨 띠입니까? ♫088

您是屬什麼生肖的？

例句 따님이 무슨 띠입니까?
令媛是屬什麼生肖呢？

單字 따님：令媛

무시하다 = 경시하다 ♫089

瞧不起人、看不起別人

例句 왜 나를 무시해? 너무해.
你為什麼瞧不起我？太過分了。

말하자면 이야기가 길어지다 = 말하자면 이야기가 길다 ♫090

說來話長；這是個很長的故事

例句 이 사건은 말하자면 이야기가 길어집니다. 정말 무슨 말부터 해야 할지 모르겠어요.
這次事件說來話長，我真的不知道從那邊開始講起。

單字 사건：事件

마음에 들다 ♫091

中意、喜歡、符合我心意

例句 이 상품은 마음에 들어.
我中意這產品。

매우 ~하고 싶다 ♫092

非常想要做某事

例句 나는 서울대학교를 매우 다니고 싶어.
我非常想要上國立首爾大學。
지금 한국에 매우 가고 싶습니다.
我非常想要去韓國。

單字 다니다：去、來往

문제가 생기다 ♫093

產生、發生問題

例句 기계에 문제가 생겼어요.
機器發生問題了。

單字 기계：機器

마음이 불안하다 ♫094

心中七上八下、緊張

例句 떨려. 마음이 너무 불안해.
嚇得我發抖，心裡真的七上八下的。

마음이 약하다 ♫095

心軟、個性柔弱

例句 경덕의 마음이 좀 약한 편입니다.
慶德是屬於心軟的那一型。

單字 좀: 有點

무방하다 ♫096

……也無妨、沒關係的

例句 이렇게 해도 무방하다.
這樣子做也沒關係的。
네가 좀 해 봐도 무방하다.
我稍微看一下也沒關係吧。

單字 이렇다: 這樣子

【無藥可醫的兩種韓國病1.】男生的王子病

「如果說在日本，日本人總是要脫光日本女生衣服的話：
那麼在韓國，韓國人總是要努力地裝飾韓國女生。」
金文學《醜陋的韓國人》（韓文版本直譯：《作一個正常的韓國人吧！》）

筆者在韓國留學時，常在大學區的住處輕易地觀察到現今韓國年輕人的流行文化以及穿著。例如在夏天時，韓國男生的穿著其實跟台灣差不多，簡單地穿上牛仔褲、襯衫或者是T-Shirt就可以出門了，只是所搭配的顏色跟台灣比較起來，韓國男生穿的顏色比較亮，很少會看見全身黑或者是全身白的打扮，並且很少會看到沒有打扮的韓國年輕人出門。

韓國大學生，特別是韓國男大學生很愛抽菸（韓國的菸賣得比台灣貴，而且也幾乎都是淡菸沒有太濃的菸，我猜韓國的菸稅是依照香菸尼古丁的含量而定的吧！），隨處可以看到韓國男生叼著菸走在街道上[4]。隨身的配件除了帽子、背包外，再來就是他們使用mp3的比例比台灣高很多，到處都可以看到他們走在路上時，雙耳帶著耳機聽音樂。

對韓國男生來說，他們總是有一種病，是在這種文化裡與生俱來的，那便是所謂的「王子病」（왕자병），就是「我是全世界最帥的男生！」的這種想法。

其實這種王子病有好也有壞的一面，好的是對自己有自信，畢竟衣冠整齊、給人好的第一印象，是基本禮貌；然而壞的一面，就是難免會自信過頭，顯得比較自大吧？（這種病在韓國電影、連續劇內多少都可以看見。）

在韓國現今的文化中，多少還是存有大男人主義，只是現在的韓國已經有在慢慢地改變。

以大家所熟悉當年在台灣很流行的韓國電影－【我的野蠻女友】為例，也許台灣人看完這部電影後，只覺得很有趣，但是為什麼韓國人要拍這種電影呢？對筆者來說，這是一齣社會寫實片啊！

一個女生反倒置在男生地位的電影，當然我可以解讀出來，除了你是我的男朋友、我是你的女朋友之外，你就是我的東西，我怎麼嬉鬧怒罵你都沒關係，因為你是我的男朋友，我可以打你，而我可以打你的原因，也是我是女朋友的關係！

但是我想這部電影，還是透露出一個女權高漲的訊息，一種反抗傳統男性社會的訊息，男性變成了軟弱的、需要被保護的角色。（有趣的是，很多台灣人對於韓國的印象也是從這部片開始，令我不禁更可以聯想到，片中的男友象徵的就是「世界」，而這個野蠻女友便是「韓國」，長久以來大家都以為韓國是個小國，如今有多少韓國產品充斥在我們生活裡呢？同樣的，這部片子是否也預料著一種韓國與世界逆轉的關係即將產生呢？）

❹ 一直到2014年之前，韓國餐廳內還是可以看到客人隨手點菸，在店內大搖大擺的抽起煙來的情景，「無菸餐廳」的概念，比起台灣還是落後許多。

Notes

♫ 097

바꾸어 말하자면 = 다시 말해서

換句話說，……；也就是說，……

例句 바꾸어 말하자면 모두 다 너 탓이야.
換句話說，全都是你的錯。
다시 말해서 내일 결석하면 안 된다.
也就是說，明天是不能缺席的。

單字 탓: 錯誤、錯
결석하다: 缺席

반드시 ~해야 한다

♫ 098

一定要……才行

例句 좋은 성적을 받고 싶으면 반드시 열심히 공부해야 한다.
想要得到好成績的話，一定要努力唸書才行。

單字 성적: 成績
반드시: 一定

♫ 099

본래 가지고 있는 = 응당 있어야 할

本來、應該有的……

例句 이번 경기에서 우리 팀 자신이 본래 가지고 있는 수준을 충분히 발휘하면 꼭 이깁니다.
只要我們的隊伍在這次比賽發揮應有水準的話，一定會贏的。

單字
팀: 隊伍、團隊
자신: 自己
수준: 水準
충분히: 充分地
발휘하다: 發揮
꼭: 一定

바람을 쐬다

♫ 100

吹風、透氣、兜風

例句 연구실이 너무 답답해. 나가서 바람을 좀 쐬고 싶어.
研究室太悶了，我想出去吹吹風。

單字
연구실: 研究室
답답하다: 心情煩悶

비록 ~하더라도

♪ 101

儘管……；就算是……

例句 비록 자식이 잘못했다고 하더라도 때려서는 안 된다.

就算是小孩子做錯事情，也不能打他們。

비록 돈이 중요한다고 하더라도 건강이 더 중요한다.

儘管錢很重要，但是健康更重要。

單字 자식: 小孩、孩子

때리다: 打

보기에 거슬리다

♪ 102

礙眼、看不順眼

例句 벽에 이상한 그림을 걸어서 보기에 매우 거슬려요.

牆壁上掛著一張奇怪的畫，真的很礙眼。

單字 벽: 牆壁

이상하다: 奇怪的

그림: 圖畫

걷다: 掛

~복이 있다 ♫103

有……的福氣

例句 오늘 경덕 때문에 우리는 먹을 복이 있어요.
今天托慶德的福，我們有口福可享了。

補充 여름 바다에 가면 정말 눈요기가 있어요.
去夏天的海邊，真的大飽眼福了。

單字 덕분: 福氣
여름: 夏天
바다: 海邊

복권에 당첨되다 ♫104

彩券中獎

例句 복권에 당첨됐어요. 운이 좋네요.
我的彩券中獎了，運氣真好。
어제 영미는 복권에 당첨됐대요.
聽說昨天英美中獎了。

單字 운: 運氣
어제: 昨天

반응이 없다 = 대답이 없다

♫ 105

沒有反應、沒回應；沒有回答

例句
왜 반응이 없어? 이 옷이 별로?
為什麼你沒有反應（意見呢？），這件衣服不好看？
왜 대답이 없어요? 무슨 고민이 있어요?
為什麼你不回答呢？你有什麼煩惱嗎？

單字
옷: 衣服
고민: 煩惱

ㅂ

♫ 106

보고 알아서 처리하다 = 알아서 하다

看著辦、隨機應變

例句
걱정하지 마. 내가 알아서 할게.
你別緊張，我會看著辦。
이러한 상황에서는 당신이 보고 알아서 처리해요.
在這樣情況下，您自己決定看著辦吧。

單字
상황: 情況
결정하다: 決定

분위기가 심상치 않음 ♫107

氣氛不尋常、奇怪

例句 오늘 교실에서 분위기가 약간 심상치 않은 것을 느꼈어요.

我感覺到今天教室裡的氣氛有點不尋常。

單字 교실: 教室

약간: 稍微、若干

비록 ~하더라도 여전히 ~하다 ♫108

儘管、雖然是……，還是……

例句 비록 우리가 헤어졌다 하더라도 여전히 좋은 친구 사이를 유지한다.

儘管我們分手了，但是我們還是維持著好朋友的關係。

비록 서로 항상 만날 수 없다 하더라도 여전히 자주 생각난다.

雖然彼此無法常見面，但是還是常常想到對方。

單字 헤어지다: 分開、分手

친구사이: 朋友關係

항상: 常常、經常

비열하고 염치없는 사람 ♫109

下流、不知廉恥的人

例句 그는 이런 수단까지 쓰는 정말 비열하고 염치없는 사람이야.

他連這種手段也使得出來，真的是不知廉恥的人啊。

單字 수단: 手段

쓰다: 使用

ㅂ

ㅃ

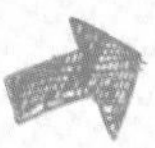

【無藥可醫的兩種韓國病2.】女生的公主病

前面從韓國男生的穿著到王子病之後，那麼韓國女生的穿著及公主病又是什麼呢？

就韓國女生的穿著而言，在韓國的街道上到處可以聽到喀啦喀啦的高跟鞋聲。如果仔細看韓國女生的腳，十個人中大約有一半以上的女生，腳踝後方有著被磨損的傷口，那是因為經常穿著高跟鞋的緣故，所以才產生出來的傷口。

但是韓國女生也很習以為常，因為她們出門就是要漂漂亮亮的，隨時都可以看到她們在等地鐵或是在走路時拿出包包裡的小鏡子，照照看自己是否有服裝不整的地方。

韓國女生最基本的打扮就是白色短襯衫或白色牛仔褲，其實韓國女生沒有經歷過像台灣夏天那種艷陽高照的天氣，所以她們的肌膚都較為白皙，因此她們如此簡單的打扮其實就蠻好看的。

有趣的是韓國女生十個人中有九個人都是留長髮，你也許會問剩下的那一個女生是短髮嗎？答案是不是的，因為那個女生正在留長中。

曾經聽到一個才五歲，連字都還不會寫的韓國小女孩對著她媽

媽說：「我不要白色這一件，因為看起來會太胖！」
所以對於長期在這樣的文化裡成長的韓國女生來說，「公主病」（공주병）是與生俱來的。
公主病，顧名思義，就是 「我是世界上最漂亮的公主！」。

當然這種病也是有好有壞的，端看我們怎麼想了。

那麼，公主會在大街上抽煙嗎？不會的！大多是避人耳目，躲在一旁街角抽著煙，在公開場合上或是路上，幾乎不會看到邊抽菸邊走路的女生。

所以我常常對韓國人開玩笑的說，王子病與公主病是韓國人天生就有的病，同時也是無可救藥的病，韓國人聽了也會頻頻點頭說是呀！

☆到目前為止，我認為韓國人還有第三種無可救藥、與生俱來的疾病，那就是「火病」（홧병），詳細介紹請看下一段的文化觀察站。

실낱같은 희망 ♫110

一線生機、一點希望

例句 너무 기대하지 마. 단지 실낱같은 희망이 있을 뿐이야.

你不要抱太大的期望，真的只有一點點希望而已。

포기하지 마. 실낱같은 희망이라도 기대해야 지.

你不要放棄，即使只有一線生機也要抱持著希望。

單字 기대하다：盼望

술주정하다 ♫111

發酒瘋

例句 경덕은 술 마시고 취하면 술주정을 하니까 특별히 조심해.

因為慶德喝醉的話會發酒瘋，所以你要特別地注意一下。

單字

취하다：醉

특별히：特別地

♫112

시간이 흐르면 자연히~아/어질 것이다.
시간이 흐르면 자연적으로 ~하게 되다

時間久了之後，自然（地）就會……

例句

시간이 흐르면 아픔이 자연적으로 사라질 것이다.

時間久了之後，痛苦自然就會消失了。

은하에 대한 너의 그리움의 괴로움은 시간이 흐르면 자연히 없어질 것이야.

你對於恩夏的相思之苦，時間久了之後，自然會消失的。

單字

아파다：痛

대하다：關於、對於

괴롭다：苦痛的

♫113

스스로 고통을 가하다 = 자신을 학대하다

折磨自己

例句

왜 이렇게 스스로에게 고통을 가하세요. 정신 차리세요.

為什麼您要這樣折磨自己，快打起精神來吧。

單字

스스로：自己

스스로 자신을 천하게 만들다 ♫114

作賤、看輕自己

例句 남자라면 여자 때문에는 스스로 자신을 천하게 만들지 말아.
男子漢大丈夫，不要因為女生的緣故而作賤自己。

單字 때문: 因為, 緣故

서로 싸우다 ♫115

倆人互相爭吵、鬥來鬥去

例句 날마다 우리가 서로 치고 박고 싸우는 것이 무슨 의미가 있어?
我們每天互相吵來吵去的，到底有什麼意義啊？
둘이 서로 싸우다가 정이 들었어요.
兩個人每天鬥來鬥去，倒也產生了感情。

單字 날마다: 每天
정: 情、感情

人

ㅆ

사적으로 = 개인적으로 ♫116

私底下……；個人的(私事)……

例句 우리 사적으로 연락해도 돼요?
我們私底下可以聯絡嗎？
이러한 사소한 일은 당신이 개인적으로 경덕에게 말하면 되는데 왜 하필 공개적으로 그런 말을 해요?
這麼瑣碎的事情，您私底下跟慶德說就可以了，為什麼偏偏要在公開場合說出這種事情呢？

單字 연락하다: 聯絡
사소하다: 瑣碎的
하필: 何必、偏偏
공개적: 公開的

성희롱 ♫117

性騷擾、調戲

例句 그는 참 못된 남자란말이야. 여자를 성희롱 하는 것을 좋아해.
他真的是一個很糟糕的男生，很喜歡性騷擾女生。

실례지만 먼저 일어나다 ♫118

不好意思，先起來（離席）了、先失陪了

例句 실례지만 급한 일이 있어서 저는 먼저 일어나겠습니다.

不好意思，因為有緊急的事情所以我先離席了。

單字
급하다: 緊急的
먼저: 先、提早
일어나다: 起來

사정얘기하다 ♫119

說情、去求情、拜託一下人情

例句 경덕을 좀 도와서 선생님에게 사정얘기 좀 해 주시겠어요.

你幫慶德一下，去跟老師講講情吧。

사정얘기할 생각도 하지 마. 이번에는 절대로 안 받아줄꺼야.

不要想要拜託我，這次我絕對不放過你。

單字
선생님: 老師
절대로: 絕對（後面加否定語氣）
받아주다: 放過

ㅅ

ㅆ

설명할 수 없다 ♫120

無法說明、無法用言語表達

例句
설명할 수 없을 정도로 맛있어요.
說不出來的好吃。
구체적인 상황에 대해서 설명할 수 없지만 어쨌든 동생은 그 때 집에 없었어요.
雖然具體的情況我無法說明清楚，但是不管怎樣我弟弟那個時候不在家裡。

單字
정도: 程度
구체적: 具體的
상황: 情況、情形
집: 家

사실대로 말해 ♫121

說實在話、照實說

例句
사실대로 말하면 이번 경기에 자신이 없어요.
說實在話，我對這次比賽沒信心。
거짓말 하지 마. 사실대로 말해.
你不要說謊啦，照實說。

單字
자신: 信心
거짓말: 謊言

♪ 122

상례에 따르면 = 상례에 의하면

按照慣例、按常理

例句 상례에 따르면 12[십이]월초에 한국은 눈이 와요.
按照慣例十二月初的時候，韓國會下雪。
상례에 따르면 경덕은 지각할 리가 없습니다.
按常理，慶德不可能遲到的啊。

單字 초: 初
눈: 雪
지각하다: 遲到

사과하다 ♪ 123

道歉

例句 죄송합니다. 사과드립니다.
對不起，我跟您道歉。

실속 없이 말 ♪ 124

客套話、場面話

例句 너가 한심해. 실속 없이 말만 잘해.
我對妳很失望，妳都只會說些場面話。

사건이 발생하다 ♫125

發生（負面的）事件

例句

오늘 아침 서울에서 큰 교통사고의 사건이 발생했다.
今天早上首爾發生重大的交通事故。

태풍 때문에 대만 남쪽 지역에서는 대규모 수재해가 발생한다.
因為颱風的關係，台灣南部地區有大規模的水災發生。

單字

아침: 早上
크다: 大的
교통사고: 交通事故
태풍: 颱風
대규모: 大規模的
수재해: 水災、水難

사람을 잘못 보다 ♫126

看錯人、誤認為……

例句

나는 사람을 잘못 봤어. 김 선생님이 그런 무례한 사람이구나.
我看錯了人，原來金老師是這麼不講理的人啊。

單字

무례하다: 不講道理、無理的

사실대로 ♫127

～照實說，……

例句 사실대로 고하거라.
老實招來。
괜찮아요. 선생님에게 사실대로 얘기해 봐요.
沒關係的，你跟老師照實說說看吧。

單字 고하다: 坦承、坦白

쓸모없는 사람 ♫128

沒用的人、窩囊廢、廢物

例句 나에게 쓸모없는 사람이라고 욕한 것은 정말 너무해.
你罵我是廢物，真的是太過份了。

單字 욕하다: 罵、侮辱
너무하다: 過份、超過

【火病—(홧병)】

在前面的文化觀察站，筆者提及到韓國人有著「王子病」、「公主病」等兩項無可救藥的民族病之外，「火病」也是韓國當地經常可見的病，什麼是火病呢？先從一個小故事說起吧。

不知道大家還記不記得，2005年雅虎新聞上十大衰人是誰？第一名就是南韓「造假」科學家—黃禹錫。這名韓國科學家在2005年上半年，宣稱是世界上第一位用卵子培育出人類的幹細胞後，同年8月宣布成功培育出世界第一隻克隆狗，黃禹錫開創醫學界先河，在國際聲名鵲起。

然而同年11月風雲變色，人們不僅發現他在研究中捲入了倫理問題，更發現其研究成果「造假」。黃禹錫事件便成為人們拷問科學家基本道德的範本。

雖然東窗事發時，連韓國總統都出來為他站台，希望揭開這個事件的電視台要有證據，不可隨意造謠。

但是後來真的發現黃禹錫作假……因此上半年黃禹錫是「民族

科學的英雄」，下半年一下子就成了「民族之恥、罪人」。

個人學術的造假不僅僅對於個人學術生涯有所損傷，連帶的對於所任職學校（國立首爾大學）的學術風評有所影響，甚至當初因為其成就登上了國際版面，如今造假風波反而讓全世界的人都在看韓國人的笑話[5]。

❺ 「黃禹錫神話」破滅始於2005年年底，當時有媒體披露他的研究小組接受下屬女研究員卵子用於研究，並向提供卵子的婦女提供酬勞，因此違反了倫理道德。

隨後他的研究小組成員美國匹茲堡大學教授：夏騰，指出2005年論文中有造假成分，國立首爾大學隨即也成立調查委員會進行調查，結果證實其發表在《科學》雜誌上的兩篇論文成果均屬子虛烏有，黃禹錫面臨了首爾大學，甚至是韓國相關法律的懲罰。

2006年1月，韓國政府取消黃禹錫「韓國最高科學家」的稱號，並免除他擔任的一切公職。

同年的1月12日，黃禹錫對其論文造假一事再次向韓國國民道歉，表示對論文造假部分將由個人付起全部責任，但他堅持認為幹細胞研究成果是被人「調包」，並要求檢察機關進行調查。

2006年3月20日，首爾大學懲戒委員會舉行會議決定，對黃禹錫處以級別最高的處分，撤銷他的首爾大學教授職務，並且禁止他在5年內重新擔任教授等公職。會議上同時也決定，黃禹錫的退職金減半發放。

同年的3月22日，韓國最高科學家委員會決定，正式取消黃禹錫的「最高科學家」稱號。5月12日，韓國檢察機關對黃禹錫提起訴訟，指控他在幹細胞研究中犯有欺詐罪、侵吞財產罪、違反《生命倫理法》等等多項罪名。

同年六月份，黃禹錫計畫東山再起，於7月份重新開始他的克隆研究。

7月4日，黃禹錫首次在法庭上承認曾指示手下在論文中造假，並表示願為此承擔責任。

7月18日，韓國政府決定取消授予黃禹錫的「科學技術勳章」和「創造獎章」兩獎章，以貶責他的論文造假行為。

8月18日，韓國媒體援引政府官員消息說，黃禹錫已在首爾建立一個新的實驗室，重新開始進行他的研究工作。

2009年10月26日，韓國首爾中央地方法院裁定，黃禹錫犯有侵吞研究經費和非法買賣卵子罪，判處他有期徒刑2年，緩期3年執行。

2010年12月16日，韓國首爾高等法院對黃禹錫涉嫌侵吞研究經費上訴案作出判決，黃禹錫因侵吞部分研究經費而被判處有期徒刑18個月、緩期2年執行。

這個事件讓我想到常常掛在韓國人嘴裡的口頭禪，那便是：「빨리빨리」（趕快，趕快）。而這樣的口頭禪，也造就了他們的行為模式。如筆者剛到韓國在餐廳用餐時，才剛拿起筷子的我，隔壁桌的韓國人已經吃完了，用餐時間真的快得不得了。

這樣的場景在學校附近的餐廳也常常可見，一到了中午時刻，總是可以在一間小店外，看到一群學生在外面排著隊等著吃飯，主要的原因是韓國沒有像台灣一樣有可隨手一拿就走的便當，除了一些水餃、紫菜包飯可以外帶的食品之外，客人幾乎都在店內吃的比較多。那間店的規模並不大，嚴格來說還有點擁擠，大概連走道也只容得下一個人通過。放眼看去在餐廳外面等待的人很多，裡面的人不加快腳步用餐也不行吧？我是不喜歡在擁擠的地方吃飯，有時候都故意錯過用餐時間，再到餐廳慢慢的吃。

（八里八里）的文化下，就形成一種「火病」。「火病」是韓國人天生就有的一種最深層的民族病，什麼事情就是要求快、效率，甚至於接近一種偏執狂的「越快越好」的意識；萬一手腳太慢、一慢下來的話，韓國人就「八里八里」地喊出來，也許就是因為這樣的原因，而造成了黃禹錫造假事件吧！？

曾經有位台籍老師對我說「急攻進取」、「好大喜功」是韓國人個性……，的確在這件事情，可見其端倪。

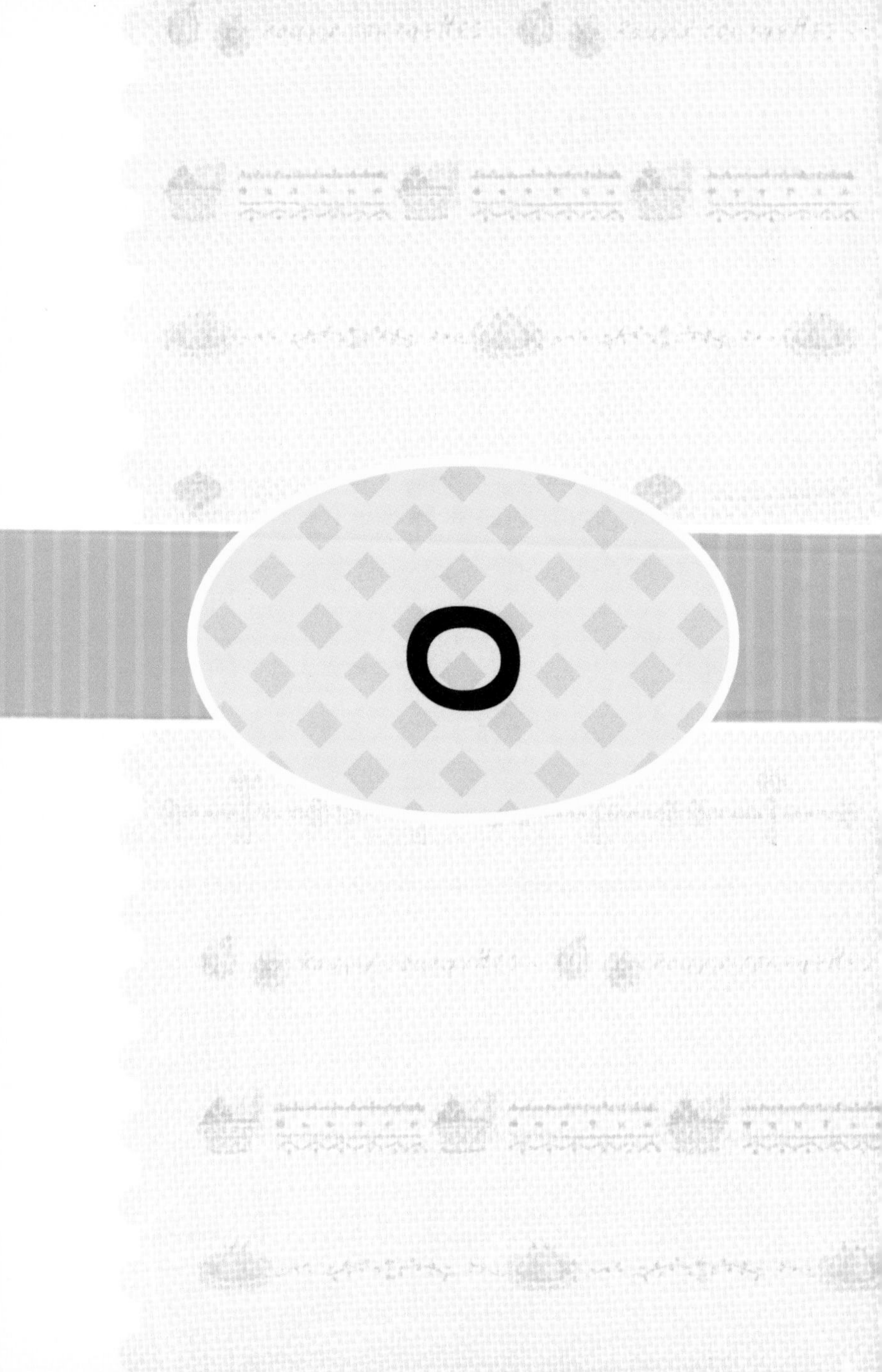
O

ㅇ

~을/를 해야 할지를 모르다 ♫129

不知道該不該做某件事情

例句 할 말이 좀 있는데, 어떻게 말을 해야 할지를 모르겠어요.
雖然我有想說的話，但是不知道該不該說出口。
비가 내려서 약속을 취소해야 할지를 모르겠어요.
下雨了，不知道該不該取消約會。

單字 비: 雨
약속: 約會
취소하다: 取消

~의 명분은 있어도 ~의 실속은 없다 ♫130

有……的名分，卻沒有……的之實

例句 그들은 부부의 명분은 있어도 부부의 실속이 없다.
他們雖然有夫妻的名分，但是卻沒有夫妻之實。

單字 부부: 夫妻、夫婦
명분: 名分
실속: 實際、內容

유일하게 ~할 수 있는 ♪131

唯一能夠做的某事情

例句 이 질문은 아마 경덕이 유일하게 풀 수 있는 사람이다.

這個問題大概只有慶德是唯一可以解答的人。

補充 저는 돈이야말로 해결할 수 있는 유일한 방법이라고 생각합니다.

我想大概只有錢是唯一能夠解決（此問題）的方法。

單字 질문: 問題、題目

풀다: 解開

사람: 人

돈: 錢

해결하다: 解決

방법: 方法

생각하다: 想、認為

~의 마음은 있어도 능력이 없다 = 마음은 있어도 힘이 안 되다 ♫132

雖然有……的心，但是卻沒有能力可做；心有餘而力不足；力不從心

例句 그 친구를 기대하지 마. 그는 마음은 있어도 능력이 없어.

你不要期待那位朋友（能幫上忙）了，他是心有餘而力不足。

미안해. 도와줄 수 없어. 나 마음은 있어도 힘이 안 돼.

對不起，我幫不上忙，我真的是力不從心啊。

單字 기대하다: 等待

마음: 心

돕다: 幫忙

양다리 걸치다 ♫133

劈腿、腳踏兩條船

例句 양다리 걸쳐 본 적이 있습니까?
你有劈過腿嗎？

우연히 얻어지는 것이지 억지로 구해지는 것이 아니다 = 우연히 만날 수는 있어도 억지로 구해지는 것이 아니다 ♫134

可遇不可求；不可勉強之

例句 좋은 작품은 우연히 얻어지는 것이지 억지로 구해지는 것이 아니다.
好的作品是可遇不可求。
인연은 우연히 만날 수는 있어도 억지로 구해지는 것이 아니에요.
緣分是可遇不可求，不能勉強。

單字
좋다: 好
작품: 作品
인연: 緣分、姻緣

ㅇ

아무도 ~할 수 없다 ♫135

沒有一個人能夠……；不管誰都無法……

例句 아무도 경덕의 결심을 움직일 수 없다.
不管誰都沒法動搖慶德的決定。

單字 결심: 決心

♫136

~와/과 동일하다 = ~와/과 같다

等同於……；和……一樣

例句 당신이 그를 무시하는 것은 바로 저를 무시하는 것과 동일합니다.
您無視於他，就等同於無視於我。
국가의 공항은 국가의 얼굴과 같다.
國家的機場就等同於國家的顏面一樣。

單字 무시하다: 無視、不在乎
국가: 國家
공항: 機場
얼굴: 臉、臉龐

~을/를 참관하다 ♫137

參觀某地方、場所

例句 이번의 배낭여행에서 당신은 어느 곳을 참관했어요?
這次自助旅行，您參觀了哪些地方？

單字 배낭여행: 自助旅行
어느 곳: 某處、哪個地方

~와/과는 상관이 없다 ♫138

和……沒有關聯、關係

例句 그 사고는 우리와는 상관이 없어.
這次事故和我們沒有關係。
10[십]년 전 일인데 우리 남편과는 상관이 없어.
都已經是十年前的事情了，跟我的丈夫沒有關係。

單字 사고: 事故
일: 事情
남편: 丈夫

♫ 139

~일 줄 알았다면 나는 ~하지 않았을 텐데

早知道會……，我就不會做某事

例句 이런 사람일 줄 알았다면 만나지 않았어요.
如果我早知道他是這樣的人，就不會跟他見面了。

單字 사람:人
만나다:見面, 碰面

~의 자리를 대신하다

♫ 140

取代誰的位置、地位

例句 요즘 대만에서 온 새로운 교수님이 원래 그의 자리를 대신하셨어요.
最近從台灣來的新教授，取代原本之前他的位置。
집에서 아버지의 자리를 누구나 대신할 수 없다.
爸爸在家裡面地位是誰都無法取代的。

單字 대만: 台灣
교수: 教授
원래: 原來、原本
집: 家

억지로 ~하다 ♫141

勉強做某事

例句

억지로 먹지 마세요.
您就不要勉強吃了。
억지로 외국어를 배우면 효과가 없다.
勉強學外語是沒有效果的。

單字

외국어: 外語
효과: 效果

~와/과 같은 ♫142

……和一樣

例句

아줌마 이것과 같은 음식을 주세요.
大嬸，請給我和那個一樣的食物。
왜 군인과 같은 차림을 하고 있는데. 이상해.
為什麼你穿的跟軍人一樣的打扮呢真奇怪。

單字

아줌마: 大嬸
군인: 軍人
차림: 服裝、打扮
이상하다: 奇怪的

아무리 ~하여도 ♫143

不管怎麼樣，都……

例句 아무리 노력해도 현실을 바꿀 수 없다.

不管怎麼努力，都無法改變事實。

당신은 아무리 무슨 말을 해도 소용이 없어요.

不管您再怎麼說，也是於事無補的。

單字
노력하다: 努力
현실: 現實
바꾸다: 改變、替換
소용: 用處

~이/가 없어서는 안 된다 ♫144

如果沒有……的話，絕對不行；絕對不能沒有……

例句 교실에는 칠판이 없어서는 안 된다.

教室裡面不能沒有黑板。

사무실에는 왕실장님이 없어서는 안 된다.

辦公室裡面絕對不能缺少王室長的。

單字
교실: 教室
칠판: 黑板
사무실: 辦公室
실장: 室長

이리 저리 떠돌아 다니다 ♫145

四處徬徨、流浪，不知道目標

例句
이리 저리 떠돌아 다니지 마. 인생의 목표를 찾아.
你不要四處徬徨，要找到人生的目標。

單字
인생: 人生
목표: 目標
찾다: 找尋

~의 마음을 단념하다 ♫146

死了……的心；放棄、斷了……的念頭

例句
일등을 어떻게 하겠어? 그 마음을 단념해.
你怎麼可能得到第一名呢？死了這條心吧。
더 이상 생각하지 마. 너는 그 마음을 단념하는 것이 더 나아야.
你就不要再想了。放棄這個念頭會比較好。

單字
일등: 第一名
이상: 以上
낫다: 好、優於

~을/를 억지로 강요하다 ♫147

要求他人勉強地做某件事情

例句
당신은 가고 싶으면 가세요. 당신에게 이 일을 억지로 강요하지 않아요.
如果您想要走的話就走吧，(這件事)我不會勉強您的。
억지로 강요하지 마. 나도 좀 곤란해.
你不要勉強我，我也有難處啊。

單字
가다: 走
곤란하다: 難處、困難

이를 악물고 ~하다 ♫148

咬緊牙關做某事

例句
성공하려고 당신은 반드시 이를 악물고 참아야 합니다.
為了可以成功，您一定要咬緊牙關忍耐下去。
회사를 위하여 당신은 이번에 꼭 이를 악물고 견뎌야 해요.
為了公司，您這一次一定要咬緊牙關撐過去。

單字
참다: 忍耐
회사: 公司
꼭: 一定
견디다: 忍耐、撐

ㅇ

용기를 북돋다 ♫149

鼓起勇氣

例句 나는 용기를 북돋아서 얼굴에 철판을 깔고 찾아온 것이야.

我可是鼓起勇氣、厚著臉皮來找你的啊。

單字 얼굴에 철판을 깔다:厚著臉皮

~의 책임이 있다 ♫150

負責任、某人要有責任

例句 화재를 방지하는 일은 모든 사람들에게 공공의 책임이 있다.

防止火災，人人有責。

이번 실수는 당신의 책임이 있어요.

這次疏忽，您也有責任。

單字 화재: 火災

방지하다: 防止

~의 방향을 향해 가다 ♫151

朝著……的方向前去

例句 우리의 학교는 국제화의 방향을 향해 전진합니다.

我們學校朝著國際化的方向前進。

單字
국제화: 國際化、全球化
방향: 方向
전진하다: 前進

~의 사실이 부끄럽지 않다 ♫152

不愧是……（具有某種資格的人）

例句 너무 잘했어요. 역시 올해 금메달 선수의 사실이 부끄럽지 않아요.

你做得非常好，真不愧是今年得到金牌的選手。

單字
역시: 還是、果然
올해: 今年
금메달: 金牌
선수: 選手

약고 닳아빠진 사람

♫153

勢利、現實的人

例句 약고 닳아빠진 사람을 사귀는 것은 위험해요.
和勢利、現實的人交往的話，是很危險的。

補充 나는 그 자의 약고 닳아빠진 점을 참을 수가 없겠어.
我不能忍受他現實這一點。

單字 사귀다: 交往
위험하다: 危險

♫154

~을/를 위해 걱정하다 = ~을/를 걱정하다

為某人操心；替某人擔心

例句 모두 부모님은 항상 자기 자식을 많이 걱정하고 있다.
所有的父母親常常很會費心替自己的孩子擔心。

單字 항상: 經常
자기: 自己
자식: 孩子

안하무인격이다 ♫155

不把人放在眼裡、目中無人

例句 당신은 너무 안하무인격이군요. 남을 바보로 생각하지 말아요.
您真的太目中無人了，請不要把其他人都當作傻瓜。

單字 너무: 非常
바보: 傻瓜

엄두도 못하다 = 생각도 말다 ♫156

想都別想、別作夢了

例句 공부도 안 해서 장학금을 받는 것을 엄두도 못해.
你都不用功念書，更別想要得到獎學金。
만약에 성공할 생각이면 생각도 말아요.
如果你有萬一會成功的念頭的話，就別做夢了。

單字 장학금: 獎學金
만약: 萬一

우선 결론부터 말하다 ♫157

首先，從結論講起；先把結論說出來

例句

우선 결론부터 말하죠. 나는 내일 시간이 없어서 못 가.

先把結論說出來吧。我明天沒時間去。

우선 결론부터 말하죠. 내가 더 이상 참을 수 없어.

先把結論告訴你吧，我再也無法忍受了。

單字

이상: 以上

참다: 忍耐

~이/가 지나치다 = 지나치게 ♫158

某事物做得太過份、過了頭

例句

농담이 지나쳐. 화 나.

你開玩笑開得太大了，我很生氣。

지나치게 마시면 안 돼요.

你不要喝得太過頭。

單字

농담: 玩笑

화 내다: 生氣

마시다: 喝

일찍 = 미리

♪159

提早、提前、預先

例句 일찍 자. 내일 아침에 수업이 있잖아.
你早點睡吧，明天早上不是還有課。
미리 준비하시면 좋을 것 같습니다.
早一點準備會比較好的樣子。

單字 수업: 課業、課程

~으로 드러나다

♪160

呈現出...、顯現出......

例句 설문조사에 따르면 젊은이들이 늦게 결혼하는 현상으로 드러난다.
根據問卷調查，現在的年輕人呈現出晚婚的現象。
검사에 따르면 병세가 더 악화됨으로 드러난다.
根據檢查報告結果，病情有惡化的情況。

單字 설문조사: 問卷調查
젊은이: 年輕人
현상: 現象
검사: 檢查
병세: 病情
악화되다: 惡化

위기에 직면하다 ♫161

面臨危機、有著某種問題

例句 전 세계는 심각한 경제 위기에 직면하고 있다.
全世界都面臨著嚴重的經濟危機問題。

單字 심각하다: 嚴重的、深刻的

~이/가 부족하다 ♫162

某物不夠、不充足

例句 시간이 부족해. 빨리 먹고 가.
快沒時間，快點吃完走吧。
돈이 부족해서 못 샀어.
我錢不夠，沒辦法買。

單字 시간: 時間
먹다: 吃

아무리 말해도 못 알아듣다 ♫163

說了一百遍(你)也沒聽懂、白費唇舌

例句 이 애가 정말 개구쟁이야. 아무리 말해도 못 알아들었어.

這小孩子真的是頑皮鬼，我說了一百遍也沒用。

單字 개구쟁이: 頑皮鬼
알아듣다: 聽懂

우리사이에 그런 말을 하다니요 ♫164

我們之間的交情還要說這些話嗎?

例句 A: 도와주셔서 정말 감사드립니다.

A: 真的很感謝您幫助我。

B: 우리사이에 그런 말을 하다니요.

B: 我們之間還用說這些（客套話）嗎？

單字 사이: 關係、之間

♫165

예상을 벗어나다 = 예상 밖의 일이다

出乎意料；讓人想像不到的事情

例句

시험의 결과는 항상 예상을 벗어나기도 한다. 경덕은 일등을 받았어요.

考試的結果往往出乎人預料，慶德得到第一名了。

당신이 온 것은 정말 저의 예상 밖의 일이었다.

您的到來，真的是我出乎意料之外。

單字

결과: 結果
일등: 第一名

~에 따라서= ~에 의하면

♫166

根據某人（某物），而有著……（結論）

例句

칸트에 의하면 도덕법칙은 자율적이다.

根據康德所言，道德法則是自律的。

시대에 따라서 사회의 가치관도 달라.

隨著時代的不同，社會的價值觀也不同了。

單字

도덕: 道德
법칙: 法則
자율적: 自律的
시대: 時代
가치관: 價值觀
다르다: 不同的

위험에서 벗어나다 ♫167

脫離險境、從窘境中跳脫出來

例句 정부 덕분에 대만 남쪽은 물난리 위험에서 벗어났다.
多虧了政府，台灣南部終於擺脫了水災的險境。

單字 물난리: 水災、淹水

의견을 제공하다 ♫168

提供意見、建議

例句 이번 중한국제회의에서 대만 쪽은 우리에게 좋은 의견을 많이 제공했어요.
這次中韓國際會議中，台灣方面提供給我們很多很好的意見。

單字 국제회의: 國際會議
의견: 意見

~의 가능성을 배제하다 ♫169

排除了……的可能性

例句 우리는 불경기의 가능성을 배제할 수 없다.
我們不能排除不景氣的可能性。

현재의 상황을 보면 다시 선거를 할 가능성을 배제할 수 없습니다.
照現在的情況看來，我們不能排除再次進行選舉的可能性。

單字 불경기：（經濟）不景氣
상황：情況、局面
선거：選舉

예상 밖의 일이 발생하다 = 예상외의 일이 발생하다 ♫170

發生想像不到的事情；大爆冷門的事情

例句 우와. 예상 밖의 일이 발생했어요. 이번 경기에는 대만 팀이 미국 팀과 싸워 이겼어.
哇，大爆冷門，這次的比賽台灣贏了美國隊。

單字 싸우다：對抗、爭鬥
이기다：贏、勝利
미국：美國
팀：隊伍

일을 방해하다 ♫171

礙事

例句 꼬마! 일을 방해하지 마, 빨리 집에 가.
小鬼！ 你別在這礙事，快回家去。

원수 = 라이벌 = 적 ♫172

死對頭、對手、敵人

例句 그는 나와 영원히 라이벌이야.
他跟我是永遠的對手。

~역할을 하다 = ~역할을 맡다 ♫173

扮演、擔任...的角色

例句 어린이가 발전하는 과정에서 부모님뿐만 아니라 선생님도 매우 중요한 역할을 하고 있다.
在小孩子的成長過程中，不僅父母親連老師也扮演著非常重要的角色。

單字
어린이: 小孩子
발전하다: 發展、成長
과정: 過程
매우: 非常、極

유행을 쫓다 ♫174

追逐流行、趕時髦

例句 요즘 젊은이들은 유행을 쫓아 가는 추세가 있다.
最近年輕人有追逐流行的趨勢。

單字 젊은이：年輕人
유행：流行
추세：趨勢、趨向

예의 없다 ♫175

沒大沒小、沒有禮貌、不懂分寸

例句 야. 어른에게 그런 식으로 예의 없이 말하면 안 돼.
喂，對長輩講話不可以用這種沒大沒小的方式說話。

單字 어른：長輩

영문을 알지 못하다 ♫176

不知緣由、摸不著頭緒

例句 그가 영문을 알지 못하고 그냥 나갔어요.
他也不知所以然，就這樣走出去了。

單字 그냥：只是、就

이상하다 ♫177

奇怪的

例句 어젯밤 병원에서 이상한 일이 생겼어.
昨天晚上醫院裡發生奇怪的事情。

單字 어젯밤: 昨晚
병원: 醫院

인기가 있다 ♫178

受歡迎、有人氣的

例句 소녀시대는 한국에서 가장 인기가 있는 팀이다.
少女時代是韓國最有人氣的團體。

ㅇ

여가 = 여유 ♫179

空閒、多餘的時間

例句 미안해. 이번 주말에 여유가 없어.
對不起，我這個週末沒有空閒的時間。

엉망이다

♫ 180

一塌糊塗、搞砸了

例句 이번 시험은 정말 엉망이야.

這次考試真的搞砸了。

운이 좋다

♫ 181

運氣真好、好運

例句 일등상의 복권에 당첨됐어. 운이 좋아.

中到彩券頭獎了，運氣真好。

♫ 182

요구에 응하여=누구의 초대에 응하여

受邀；應某人的邀請；應某人的要求以及招待

例句 이남인 교수님이 우리 학교의 요구에 응하여 연설하러 오셨습니다.

李南麟教授接受我們學校的邀請來演講。

소녀시대가 우리 쪽의 초대에 응하여 삼 일간 대만을 방문합니다.

少女時代受邀我方的招待，來台灣進行三天的訪問。

單字
연설하다: 演講、演說
쪽: 方、方面
방문하다: 訪問

ㅇ

【初雪】

韓國人相信，情侶若一起看初雪許願的話，願望便會達成實現。但對於終年不下雪的台灣、從來都沒有看過雪的筆者，每當韓國下起雪來時，我腦海中唯一想到的是該如何禦寒呢？

接下來就可以介紹給大家，萬一冬天來到韓國時的禦寒必備品。

綿羊油和乳液

在下雪時是一定要用的，主要因為有時天氣太冷，在外面行走時，手會凍到有疼痛感，因此擦一些乳液會比較好。

護唇膏

出門時也一定要塗，免得嘴唇會因為太乾燥而龜裂。

毛帽

這種東西在台灣應該只是裝飾品了吧？在韓國卻是「保命工具」，帽子款式衆多，有扁圓帽、長長的圓桶帽或者是可以把兩邊的毛拆下，用來保暖耳朵有如小狗般的造型帽子，都是不錯的選擇。

圍巾

在韓國也是冬天的必備品，厚重的一條雪國白圍巾，可以度過一個暖暖的冬季。

冬天用的毛襪

冬天走在韓國的雪地上，若不穿襪子可是會凍傷腳的！

手套

這也是在冬天裡一定要有的東西，如果要堆雪人時也一定用得到，除此之外也可以避免開門時靜電的產生。

毛衣、外套

在韓國當地買毛衣或外套時，價錢通常是依購買的場地而定的，基本上在東大門這種批發衣服的地方買，衣服的價錢都不會很貴，但是大部分的品質可以說沒有什麼保證，若穿過了一個冬天大概就可以丟了，拿去送洗也許都不划算吧。

靴子

每當韓國冬季快要來臨前，每家鞋店都一定會擺上的鞋款。

除此之外，燒酒也會漸漸出現在大家的餐桌前，在夏天時大家是習慣喝著冰涼的啤酒，但是到了冬天，韓國人總是免不了吃烤肉，再配上一罐23%的燒酒。燒酒的價錢不貴，在便利商店大約1000韓幣，折合台幣約30元就有了。而烈酒也是韓國人冬天的最愛，因為喝完之後身體會暖暖的。
房間的暖氣也是一定要有的，像是教室或是地鐵等室內，冬天都會提供著暖氣。如同當年筆者留學的高麗大學宿舍房間的暖氣，在冬天也是24小時提供著，有時半夜氣溫冷到只剩下2、3度，但是都還可以穿著短袖短褲睡覺呢。

有趣的是氣溫雖然10度不到，但是天生公主病的韓國女生，都還是會穿著甚至比夏天還要短的短裙在學校裡穿梭著，只不過在裙子下面，多了條保暖連身的褲襪，差不多也只比絲襪厚了一點點而已，所以韓國朋友總是開玩笑說，韓國女生的特色是：「天氣越冷，她們穿的裙子就越短」。
韓國冬天的白色雪國風情，真的是在台灣看不到的現象。

Notes

ㅈ ㅉ

적게는 ~이고, 많게는 ~이다 ♫183

最少是……，最多則是……；
少則……多則……

例句 적게는 열흘이고 많게는 한 달정도에 완성할 수 있다.
最少十天，最多一個月左右，我就可以完成了。
한 사람의 헌금 금액은 대개 적게는 오천원에서부터 많게는 천만원도 있대요.
聽說一個人捐錢的金額，最少的大概是從五千元開始，最多有到一千萬元左右。

單字
열흘: 十天
완성하다: 完成
헌금: 捐款
금액: 金額
대개: 大概

좋다 ♫184

不賴、不錯、好的

例句 당신은 정말 좋은 사람이군요.
您真的是好人。

자나 깨나 바라는 ♫185

盼望已久、夢寐以求的……

例句

이번에 나는 한국에서 자나 깨나 바라던 가수를 결국 보게 되었다.

這次來到韓國，我終於看到盼望已久的歌星。

외모가 예쁘고 마음이 착하고 돈도 많은 여자는 남자들이 자나 깨나 바라는 애인이다.

外貌漂亮、心地善良又有錢的女生，真的是男生們夢寐以求的愛人。

單字

외모: 外貌

애인: 愛人、戀人

자질구레한 일 ♫186

不重要的小事、零星瑣碎的雜事

例句

자질구레한 일은 신경을 많이 쓰면 안 된다. 오히려 크게 생각해야 한다.

不要為那些零星瑣碎的小事操心，反而是要往大方向想。

單字

크다: 大的

지난 일은 잊어버리다 ♫187

過去的事情就讓它過去吧

例句 지난 일은 잊어버리자. 우리 다시 시작하자.
過去的事就過去吧，我們重新開始吧。

補充 이미 지난 일이예요. 그냥 넘어가도록 하세요. 잊어버리세요.
已經是過去的事情就讓它過去吧。請忘了它吧。

單字
우리:我們
다시:再一次
시작하다:開始
이미：已經
지나다：過去；經過

적당히 하다 ♫188

適當、不過度地做某事

例句 술을 적당히 마셔요.
請適當地飲酒。
밤새우지 마. 공부도 적당히 해야지.
不要熬夜，唸書也要適可而止。

單字
밤새우다: 熬夜

ㅈ

정신을 못 차리다 ♫189

執迷不誤，振作不了精神

例句 너는 정말 정신을 못 차려.
你真的執迷不誤。

좋은 쪽으로 생각하다 ♫190

往好的方向想，用正面角度想

例句 슬퍼하지 말아요. 좋은 쪽으로 생각하세요.
你不要難過了，請往好的方向想吧。
매사를 좋은 쪽으로 생각하는 사람이 어디 있어?
有每件事情都往好的方向想的人嗎？

單字 슬퍼하다: 難過
매사: 每件事情

♫191

자기 생각만 하다 = 자기 밖에 모르다

只顧著自己；只管自己

例句
좀 생각해 봐. 왜 항상 자기 생각만 해?
好好想一下吧？為什麼都只顧著自己？
당신은 어찌 항상 자기 밖에 몰라요.
您怎麼都只管您自己？

單字
좀: 稍微

지금이 어느 때인데

♫192

~現在都幾點鐘了，還在……、現在都什麼時候了？

例句
지금이 어느 때인데 아직 자고 있니?
現在都幾點了，你還在睡啊？
지금이 어느 때인데 학교에 안 가?
現在都什麼時候了，你還不去學校？

單字
자다: 睡覺

지금부터

♫193

～從現在開始、從今開始，……

例句

지금부터 우리 더 이상 만나지 말아.

從今開始，我們不要再見面了。

지금부터 바로 경기를 시작하겠습니다.

比賽從現在正式開始。

單字

만나다: 見面、相遇

경기: 比賽

정말 묘하다

♫194

真湊巧、真奇妙

單字

정말 묘하군요. 저도 삼겹살을 먹고 싶단 말입니다.

真湊巧，我也想吃烤肉。

정말 묘해요. 저도 서울대학교에서 졸업했어요.

真湊巧，我也從首爾大學畢業的。

例句

삼겹살: 烤肉、烤五花肉

졸업하다: 畢業

정말 수단이 좋군요 ♫195

真有兩把刷子、有本事

例句 당신은 정말 수단이 참 좋군요. 기말 보고서를 이렇게 빨리 해내다니.

您真有本事，期末報告這麼快就寫完了。

單字 기말 보고서: 期末報告

장난치다 = 농담하다 ♫196

開玩笑的、鬧著玩的

例句 신경 쓰지 마. 그냥 장난 친거야.

你不要在意，這只是開玩笑的。

조금만 참다 = 지탱하다 ♫197

再撐一下、再忍耐一下

例句 괜찮아요? 조금만 참으세요. 곧 병원에 도착해요.

你還好嗎？稍微再忍耐一下，就快到醫院了。

單字
괜찮다: 沒關係
조금: 稍微
곧: 馬上
병원: 醫院
도착하다: 到達、抵達

제가 보기에는 ♫198

～照我看來、我的想法是……

例句

제가 보기에는 합격하기 어려울 것 같아요.
照我看來，要及格很難喔。

제가 보기에는 그 친구가 이번 사건에 연루된 용의자예요.
我想那個人，是跟這次的事件是有所關聯的嫌疑犯。

單字

합격하다: 合格、及格
사건: 事件
연루되다: 關聯、關係的
용의자: 嫌疑犯、有嫌疑的人

제가 무슨 잘못을 했어요? ♫199

我有什麼過錯？、沒做好的地方嗎？

例句

왜 나를 항상 피해? 내가 너에게 무슨 잘못했어?
為什麼常常躲著我？我有對不起你的地方嗎？

單字

피하다: 閃躲、躲避

좀 그만 말해 ♪200

少說兩句、不要再說了

例句 좀 그만 말할 수 없어? 짜증 나.
少說兩句不行嗎？煩死人了。

單字 짜증 나다: 厭煩、煩躁

진정하다 = 침착하다 ♪201

冷靜點、沈著點

例句 침착해. 무슨 일이 생겼어?
冷靜點，發生什麼事了？

장애물 ♪202

障礙物、阻礙、擋路石

例句 정객이야말로 우리나라의 발전의 가장 큰 장애물이다.
政客才是對我們國家發展，最大的阻礙。

單字 정객:政客

ㅈ

진짜 = 표준 ♫203

標準、道地的

例句 경덕의 한국어는 정말 표준말이에요.
慶德的韓文很標準、道地。

單字 한국어: 韓國語

정도 없고 의리도 없는 ♫204

沒有心肝、不顧義氣

例句 너 정말 정도 없고 의리도 없는 놈이야.
你真的是沒有義氣的人。

잘못 보다 ♫205

看錯了、看走眼

例句 죄송합니다. 다른 사람으로 잘못 봤어요.
對不起，我把你看錯成別人了。

전혀

♫206

完全不~（否定語氣）

例句 나는 이 일을 전혀 모릅니다.
我完全不曉得這件事情。

單字 모르다: 不知道

ㅈ
ㅉ

【相親—(맞선)】

相親（맞선），在韓國形成一種獨特的文化。

韓國人年輕的時候，總是會為了自己的前途努力打拼。有時年紀一到，女生最晚大概29歲結婚，而男生就又更晚了。年紀大了要找個結婚對象，最快的方式就是「相親」了。

雙方開出的條件不外乎是教育程度、畢業的學校、是不是「S.K.Y」出身的[6]、雙方家庭背景、以及收入……等等，並且是以「結婚為前提」進行交往。

相親那天，女方會準備自己的相片或把自己的相片做成月曆之類的東西送給男方。雙方經過面會面之後，若不喜歡的話可告訴牽線人，再安排下一次的約會。

所有的韓國連續劇，都可以看到這樣的劇情重複地演出，而的確「韓國人的真實生活總是會表現在連續劇上」。

其實韓國人很簡單，只要男生有錢，再怎麼漂亮的女生都還是有機會認識的到；即使女生再怎麼不喜歡那個男生，但為了不

要受到社會排斥的眼光（「那麼老還不出嫁，一定有問題！」的心態），以及可以順利得到一張長期飯票，這樣的「相親」便成了最正當的理由。

台灣人就比較不同，若在愛情或婚嫁上有了阻礙，雙方都會盡力去排除解決。兒女幸福是自己去追來的，要跟什麼家庭背景的結婚，父母之言畢竟也只是參考而已。

但是韓國人可就不能這樣了，父母之言總是在兒女終身大事的決定權占了一個很重要的位置，如果沒有父母親的同意，這門婚事是無法形成的。

來到了韓國，才知道相親不只是連續劇中的劇情，而是韓國人現實生活中最寫實的一段。

❻ 最有名的名流學校莫過於國立首爾大、高麗大以及延世大，在韓國人他們簡稱「S、K、Y」，「天空」（暗喻韓國人若要考上這三間學校，比登天還難的意思），「S、K、Y」也是取三所學校的前面第一個字母。

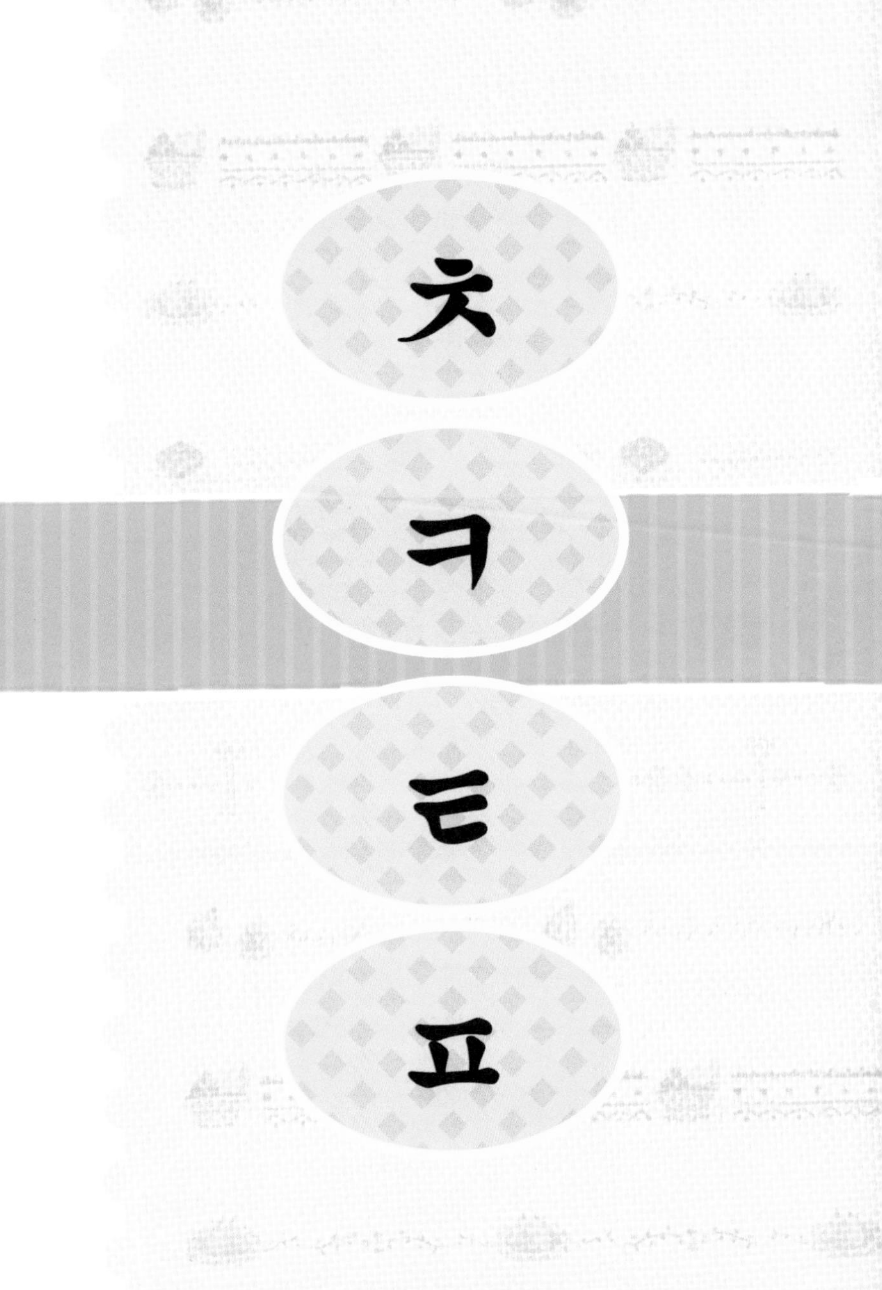
ㅊ
ㅋ
ㅌ
ㅍ

♫ 207

충심으로 축하하다 = 진심으로 축하하다

真心的祝福、發自內心的祝福

例句 입학된 것을 충심으로 축하합니다.
真心的祝您考上學校。

補充 바쁘신 중에서도 틈을 내어 왕림해주신 여러 분에게 충심으로 감사의 말씀을 드립니다.
各位在百忙之中抽空前來光臨，我真心非常感謝。

單字 입학되다: 入學
축하하다: 祝福、祝賀
틈: 空檔、空閒
왕림하다: 光臨、惠臨

철이 들다

♫ 208

懂事、成熟

例句 내 동생은 대학교를 다닌 후에는 철이 들었어.
我弟弟上了大學後變成了一位懂事的人了。

單字 대학교: 大學

철이 없이 어린애 같다 ♫209

尚未長大的小孩子、幼稚孩子氣

例句 그 때 동생은 너무 철이 없어 어린애 같아서 야단을 쳤어.

那時候弟弟還是非常幼稚孩子氣，所以才會闖禍。

單字 너무: 非常

야단을 치다: 闖禍

책임을 지다 ♫210

負起責任、承擔責任

例句 이번 사고에 대하여 경덕은 책임을 져야 한다.

有關於這次的事故，慶德必須負起責任。

책임을 못 지는 사람은 싫어요.

我討厭不負責任的人。

單字 사고: 事故

싫다: 不好的、討厭的

체면을 중시하다 ♫211

重面子、保持體面

例句 경덕씨는 체면을 중시하는 분입니다. 그의 자존심이 상하지 않도록 말을 좀 조심하세요.

慶德是重面子的人，講話小心不要傷害到他的自尊。

單字
자존심: 自尊心
상하다: 傷害
조심하다: 小心、謹慎

찬 물을 끼얹다 ♫212

潑冷水、掃興

例句 왜 자주 저에게 찬 물을 끼얹었어요? 마음에 안 들어요?

為什麼您常常潑我冷水呢？您對我有什麼不滿意嗎？

큰일 나다 ♫213

不得了、出問題、發生大事

例句

왜 엄마가 아직 안 왔어요? 정말 큰일 났네요.

為什麼媽媽還沒回來？真的是出事了。

도와주지 않으면 정말 큰일 나.

如果你不幫我的話，真的會出問題。

單字

엄마: 媽媽

아직: 尚未

도와주다: 幫忙

태어난 이래로 처음으로 = 태어나서 처음으로

♫214

從出生到現在，第一次……；有生以來首次……

例句

나는 태어난 이래로 처음으로 사랑을 느꼈어.
我出生到現在，第一次感受到愛。

저는 태어나서 처음으로 이러한 소식을 들었어요.
我有生以來第一次聽到這樣的消息。

單字

사랑: 愛
느끼다: 感受、感覺
소식: 消息

피멍이 들다 ♫215

瘀血、瘀青

例句 어제 넘어져서 다리에 피멍이 들었어요.
昨天跌倒所以淤血了。

補充 피멍을 사라지게 하는 방법이 없나요?
有消除瘀青的方法嗎？

單字 넘어지다：跌倒
다리：腳
방법：方法

필요 없는 일로 바쁜 사람 ♫216

無事忙、窮忙族

例句 필요 없는 일로 바쁜 사람이 되지 마. 목표를 찾아.
不要成為窮忙族（窮忙的人），趕快立定目標吧。

【教保文庫—(교보문고)】

韓國最大的書局-教保文庫，坐落在首爾市鐘路區的光化門附近。

最近全世界興起「韓流」，而「韓流」泛指的是韓國的「電影」、「連續劇」或是「韓國流行音樂」（K-pop）在「地球村」造成了轟動，但是「韓流」名如「流」般，總是來的快去的也快，極有可能像陣風一樣地消逝，如果它沒有影響到深層的文化面的話，我想再過一陣子這陣「流」大概也會很快地就消失了吧？

就文學而言，韓國文學作品極少吸引到外國人的注意，我在腦海中思索我曾經在台灣看過的韓國小說，究竟有哪幾本呢？即使是翻譯小說，也應該說幾乎沒有過幾本吧？[7]
全世界對於韓國的文學，應該沒有像對於韓國連續劇這麼的熟悉吧。

的確，韓國對於國內的文學也是呈現一種低迷的狀態，相對的是電影、連續劇反而是高漲的，因此成為這個國家的對外招牌門面。
而在這一間教保書店的門外，貼滿了各國諾貝爾文學獎得獎作家的照片，看似是作為這間書局的設計風格之一。

但是最有趣的場景，莫過於在這各國諾貝爾文學獎得獎人的行列中，有著一張空白的相框…裡面的白紙用韓語寫著：
「다음 주인을 기다립니다.」（等待下一位[韓國諾貝爾文學獎]的主人）連國籍都寫好的相框，成為這間書店另一個有趣的設計。

事後我也曾在課堂上跟專攻韓語的韓籍教授討論過這個問題，即：「為什麼韓國人到現在還沒有出現一位諾貝爾文學獎的得主呢？」得到的答案是：「韓文翻譯成西方文字太難，而且目前國內外韓文翻譯的水準還不成氣候呢。」

☆ ❼ 嚴格來說，我接觸到的第一本韓國小說是在2004年，台灣出版了一本金基德導演的《春去春又來》電影小說，有趣的是這本電影小說的翻譯全是韓國人，也就是說，韓國人自己把這本書翻譯成中文後，再引進台灣來。看到那本書的譯者時，我受到了不小的刺激與衝擊，難道台灣沒有翻譯韓文的人才嗎？
回想起來，我最近這幾年所翻譯的韓國書籍也快有30餘本，其中的動力可能就是當時受到這本書的衝擊影響而成之。

Notes

ㅎ

♫217

~하느니 차라리 ~하는 것이 낫다

與其做……，倒不如……比較好

例句 가볍게 포기하느니 차라리 끝까지 노력하는 것이 더낫다.

與其隨便放棄，倒不如一直努力到最後（還比較好。）

補充 버스를 기다리느니 차라리 걸어서 가는 것이 더 빨라요.

與其等公車，倒不如用走的去還比較快。

單字
버스: 公車、巴士
기다리다: 等待
걸어서 가다: 走路
빠르다: 快
포기하다: 放棄
노력하다: 努力

♫218

~할 수 있으면 하고, ~할 수 없으면 ~하다

能做某事就做吧，不能的話就……

例句

너 스스로 알아서 해. 먹을 수 있으면 먹어, 먹을 수 없으면 그냥 포장해.

你自己看著辦，吃得下的話就吃，吃不下的話就打包吧。

單字

스스로: 自己
먹다: 吃
포장하다: 打包、外帶

하나는 하나 둘은 둘

♫219

一是一，二是二；對就是對，錯就是錯

例句

하나는 하나, 둘은 둘이잖아요. 딴 얘기 하지 마.

對就是對，錯就是錯，不要講其他的。

單字

딴: 其他
얘기: 聊天、話題

ㅎ

~하든지 아니면 ~하든지 = ~하든가 아니면 ~하든가

♫ 220

不是……，就是……；不去做某事情的話，就改做某事吧

例句

명동에서 구경을 하든지 아니면 인사동에서 커피를 마시든지 저는 상관 없습니다.

不是去明洞逛街的話，就是去仁寺洞喝咖啡，我都可以。

補充

찬성하든가 반대하든가 확실히 말해 줘.

不是贊成就是反對，說清楚一點。

單字

구경하다: 逛街
커피: 咖啡
마시다: 喝
상관없다: 無礙、都可以
찬성하다: 贊成
반대하다: 反對
확실히: 清楚地

ㅎ

하마터면 ♫221

差一點……、差點就……、險些就……

例句 나는 하마터면 죽을 뻔했어.
我差一點就死掉了。

單字 죽다：死亡

하마터면 ~할 뻔하다 ♫222

差一點就……

例句 야! 운전 조심해. 하마터면 사고가 날 뻔했잖아.
喂！開車小心點。差一點就要出車禍了。
어제 술을 많이 마셨어요. 하마터면 길에서 토할 뻔했어요.
我昨天喝太多酒，差一點就要在路上吐出來了。

單字 조심하다：小心、注意
길：路上
토하다：吐、嘔吐

한마디로 결정을 하다 ♫223

就一言為定

例句 이 계약은 우리 이렇게 한마디로 결정을 하셨으니까 앞으로 잘 부탁드립니다.

這個合約我們就這樣一言為定，以後請您多多指教。

單字 앞으로: 未來

부탁: 拜託、麻煩

~하여 죽을 지경이다 ♫224

非常……的地步；快接近……的階段

例句 하루 종일 공부만 했는데 배고파 죽을 지경이에요.

我唸了一整天的書，真的快餓死了。

오늘 날씨가 정말 추워 죽을 지경이야.

今天的天氣真的冷死人了。

單字 하루 중일: 一整天

~하는 것은 좋은 일이다 ♫225

做某件事情是有利、好的

例句 당신이 담배를 끊는 것은 좋은 일이에요. 전에 정말 많이 피웠거든요.

您戒掉香菸是件好事情，以前真的抽太兇了。

單字
담배: 香菸
끊다: 戒除、戒掉
전에: 以前、之前
피우다: 抽（香菸）

~해야 할 때는 ~하다 ♫226

應該在做……的時候，就應該做……

例句 당신은 돈을 써야 할 때는 써야 된다.

您在該花錢的時候就應該花。

겁내지 마. 행동해야 할 때는 해야 돼.

不要怕，該行動的時候，就應該去做。

單字
쓰다: 花費（金錢、時間）
겁내다: 害怕
행동하다: 行動

♫ 227

회의에 참석하다 = 회의에 참가하다

參加會議、出席會議

例句 경덕은 지난 주에 홍콩으로 국제현상학회의에 참석하러 갔어요.
慶德上個禮拜去香港參加國際現象學會議。

單字 지난 주: 上個禮拜
홍콩: 香港

♫ 228

현재 ~하는 것이 가장 중요하다

現在……是最重要；眼前的……是最要緊的事情

例句 현재 몸을 잘 챙기는 것이 가장 중요해요.
現在把身體養好是最重要的事。

補充 현재 집에 들어가는 일이 가장 중요해요.
眼前最重要的事情是回家。

單字 챙기다: 照料、管理

~할 자격이 없다 ♫229

沒有資格做某事、不配去做某事

例句

당신은 저의 남편이 될 자격이 없어요.

您沒有資格成為我的丈夫。

당신은 학교에 남아서 학생들의 존경을 받을 자격이 없어요.

您沒有資格留在學校受到學生的尊敬。

單字

되다: 成為

남다: 留下來

존경: 尊重

행동이 의심스러운 ♫230

形跡可疑、行動奇怪的……

例句

행동이 의심스러운 사람을 발견하면 경찰서로 신고하세요.

您如果發現形跡可疑的人，請報警。

행동이 의심스러운 것을 보니까 수상해.

看到他的行動這麼奇怪，真令人可疑。

발견하다: 發現

경찰서: 警察局

신고하다: 報案、申報

수상하다: 可疑、蹊蹺的

힘이 없어 보이다 ♫231

看起來沒有力氣、精神；無精打采、有氣無力的

例句 무슨 일이 생겼어? 힘이 없어 보여.
你發生什麼事了？看起來很沒有精神。
고민이 있니? 왜 힘이 없어 보여?
你有煩惱嗎？為什麼看起來沒有精神？

單字 고민: 煩惱
왜?：為什麼？

~하자마자 바로 ~하다 ♫232

一做完某件事情，馬上就接著繼續做某事

例句 요즘 왜 수업이 끝나자마자 바로 나가요?
為什麼最近一下課馬上就出去了？
왜 나를 보자마자 바로 웃었어?
為什麼看到我就笑？

單字 수업: 課業、課程
끝나다: 結束
웃다: 笑

ㅎ

♫233

~한 적이 없다 = 해 본 적이 없다

從來沒有做過什麼事情、沒有……的經驗過

例句 나는 설악산에 간 적이 없어.
我從來沒有去過雪嶽山。
저는 한국요리를 해 본 적이 없습니다.
我沒有做過韓國菜。

單字 설악산: 雪嶽山
한국요리: 韓國菜、韓國料理

~하지 않았더라면

♫234

要不是……的話；如果……沒有的話

例句 당신이 도와주지 않았더라면 저는 죽었을 것 같습니다.
要不是您幫我的話，我早就死掉囉。
우리가 만나지 않았더라면, 저는 지금까지 결혼을 못 했을 것 같아요.
如果我們沒有遇見到的話，到現在我可能都還沒有辦法結婚。

單字 지금까지: 到現在為止
결혼하다: 結婚

할 말이 있다 ♫235

有話想說

例句 잠깐만요. 저는 당신에게 드릴 말이 있습니다.
請等一下，我有一些話想對您說。

單字 잠깐: 暫時、等一下

~하면 할수록 ~하다 ♫236

越做某件事情，越感到……；

越……越……

例句 먹으면 먹을수록 더 맛있어요.
越吃就覺得越好吃。
운전을 하면 할수록 익숙하게 됐어요.
車子越開越上手了。

單字 맛있다: 好吃、有味道

헛수고하다

♫ 237

白費勁、做白工

例句
헛수고하지 말아. 빨리 집에 가.
你不要做白工了，快點回家吧。
아, 재수 없네. 헛수고만 했어.
啊，真倒楣，白費力氣了。

單字
빨리: 快一點
재수: 運氣

♫ 238

하루하루 악화되다 = 하루하루 나빠지다

一天比一天惡化；變得一天比一天差

例句
대만의 정치가 하루하루 악화되어졌어요.
台灣的政治一天比一天惡化。
할머니의 병증이 하루하루가 나빠졌어요.
奶奶的病情，變得一天比一天差。

單字
악화되다: 惡化、變壞
할머니: 奶奶

♫ 239

할 말이 있으면 천천히 말하세요

如果有想說的話，請慢慢說

例句 침착해요. 할 말이 있으면 천천히 말하세요.
冷靜點，如果有想說的話，請慢慢說。

單字 침착하다: 冷靜
천천히: 慢慢地

한 번 보세요

♫ 240

請做看看

例句 맛있어 보여요. 우리 한 번 먹어 봐요?
（這）看起來很好吃，我們吃看看好嗎？
한 번 해 보세요.
請您做看看。

單字 먹다: 吃

~할 때까지 ♫241

到什麼時候為止

例句

이번 학기가 끝날 때까지 술 안 마시기로 했어요.

我決定一直到學期結束為止前都不喝酒了。

당신이 제가 미워질 때까지 옆에서 지켜 줄게요.

我會在您身邊守護著您，一直到您討厭我為止。

單字

기로하다: 表示下定決心
학기: 學期
밉다: 討厭
옆: 旁邊
지키다: 保護、守護

하늘도 눈이 있어 ♫242

老天有眼、人在做老天爺在看

例句

하늘도 눈이 있어서 앞으로 그 나쁜 사람은 벌을 받겠다.

老天有眼，壞人以後一定會有報應的。

하늘도 눈이 있어서 영미는 결국 성공했어요.

老天有眼，英美終於成功了。

單字

악: 惡
보답: 報答、報償
결국: 結果

하늘도 무심하시지 ♫243

老天瞎了、上天不公平

例句 하늘도 무심하시지! 착한 사람이 왜 자주 재해를 입어?

老天真不公平！為什麼好人常常有難呢？

單字 착하다: 乖巧的、善良的

자주: 常常、經常

재해를 입다: 受到災害、罹難

회의를 거행하다 ♫244

召開、舉行會議

例句 내일 대학원생 논문발표회의를 거행하겠습니다.

明天舉行研究生論文發表會。

8[팔]월19[십구]일에는 제3[삼]차 국제 현상학 학술회의를 거행합니다.

第三屆國際現象學會議，將在八月十九日召開。

單字 대학원생: 研究生

현상학: 現象學

학술: 學術

회의: 會議

호평을 얻다 ♫245

受到好評

例句

이번 콘서트의 호평을 얻었다.

這次演唱會受到好評。

이 교수님께서 이번에 발표한 논문은 학술계에서 좋은 호평을 얻었다.

李教授這次發表的論文，在學術界受到非常好的評價。

單字

콘서트: 演唱會

발표하다: 發表

논문: 論文

학술계: 學術界

相反詞義：악평을 얻다：受到不佳的評價

【消失的百日紀念日】

記得大學大家聯誼的時候，最常玩的就是抽鑰匙遊戲了，一群騎車的男生把機車的鑰匙堆在一起，讓女生隨機抽鑰匙，然後依循著抽到的鑰匙來配對。

韓國也有類似這樣的活動，韓國稱為「소개팅」（介紹團、聯誼），類似台灣的大學生聯誼。不過，韓國男生大概沒有像台灣男生這麼溫柔吧？還是因為男生沒有機車可以騎的關係？聯誼的方式是在雙方見面之後，女方拿出自己隨身的東西，例如手帕、口紅或者是手機……等等，讓男生挑著配對。

關於韓國情侶的交往紀念日，有趣也好笑的是韓國的百日紀念日已經漸漸消失了，因為要讓情侶等到這慶祝的日子要等100天，似乎有點久。所以情侶之間的紀念日便提早了，那提早了多久呢？
提早了78天，也就是雙方在交往後的第22天，取其諧音「two-two-day」（투투데이）就可以各自買個小禮物互相慶祝了。
消失的百日紀念日，卻又出現令人咋舌的22天。

除此之外，韓國是一個很適合談戀愛的國家，因為每個月都有一個情人節可以過，如底下筆者所記：

1月14日：日記節（다이어리 데이）：新的一年的第一月，朋友們習慣買行事曆本或是日記本送朋友，祝這一年有好的新開始。

2月14日：情人節（밸런타인 데이）：女生表達心意，送給心儀男方巧克力的節日。

3月14日：白色情人節（화이트 데이）：男生回送糖果給喜歡的女生的節日。

4月14日：黑色情人節（블랙 데이）：沒有男女朋友的朋友們，身穿一身黑衣、黑褲為象徵，一起去吃黑色的炸醬麵以表孤單。

5月14日：黃色情人節（옐로 데이）：身穿黃色的衣服去吃黃色的咖哩飯，來表示這一年一定要斷絕單身，找到另一半。

6月14日：親吻節（키스 데이）：男女朋友之間，這一天以親吻來表達彼此的愛意。

7月14日：銀戒節（실버 데이）：男女朋友互贈銀戒指，約定永遠相愛之節日。

8月14日：綠林節（그린 데이）：戀人這一天相約出遊，到郊外散步之節日。

9月14日：照片節（포토 데이）：和男女朋友一起拍張愛的合照，表示相愛。

10月14日：洋酒節（와인 데이）：和戀人一起分享一瓶好的洋酒之日。

11月11日：光棍節（빼빼로 데이）：有戀人沒戀人的朋友，這一天互送巧克力棒來表示愛意、友情。

12月14日：擁抱節（허그 데이）：和戀人在這一天，來個大大的擁抱之節日。

Part II
發音規則總整理

Part II 發音規則總整理

總論：

底下筆者根據韓國當地文教部告示第88-1號以及88-2號（1988.1.19號公布，分別為韓文的正字法「한글 맞춤법」，以及標準發音法「표준 발음법」）的資料，分別來介紹韓國語的發音規則，當然，這些規則從某個角度而言，顯得有點繁瑣，而筆者在閱讀完上述兩文件之後，從中挑選出幾個在初學韓國語時，學員必須要加以掌握的規則來跟大家分享；再者，初學韓國語的學員也可以把這裡的資料當作參考用，等往後韓文底子功力更上層樓時，再回過頭來看看這裡的基本發音規則。

在底下筆者要來依序介紹初級韓國語階段，初學者必須要加以掌握的基本韓國語語音變化，共有連音化（연음화）、破音化（격음화）、硬音化（경음화）、顎音化（구개음화）以及子音同化（자음동화）五大種，舉例分述如下 ：

一、連音化（연음화, linking）：

此現象是因為人體發音器官受到發音急速影響，導致兩個字連讀時，產生連音現象產生，而在語言學上我們稱作：「連音化」。

一般而言，基本常見的韓國語連音化現象有兩種狀況。分述如下：

1

單個收尾音的連音現象：

當前字具有單個收尾音字型（終聲）時，後方連接的字以「ㅇ、ㅎ」當作初聲時，此收尾音會轉變成後字的初聲來發音，如底下例字：

외국인（外國人）→[외구긴]

한국어（韓國語）→[한구거]

낮에 (白天時) →[나제]

단어 (單字) →[다너]

※不發生連音的收尾音的狀態有二：

1.前字收尾音雖為「ㅇ」，但不適用連音法則，如底下例字：

영어 (英文) →[영어]

강아지 (小狗) →[강아지]

2.前字收尾音為「ㅎ」在連接後方以「ㅇ」為初聲的音節字時，「ㅎ」會脫落，而不發生連音現象，如底下例字：

좋아요. (好) →[조아요]

넣어요. (放入) →[너어요]

※次之，「ㅎ」若出現在詞語初聲首位，要照原本的音價發音，如：하마 (河馬) →[하마]；但是若出現在母音與母音之間，或是在收尾音（終聲）「ㄴ，ㄹ，ㅁ，ㅇ」之後，因音的強度會減弱，「ㅎ」大多呈現脫落不發音的現象出現（又稱「ㅎ」的弱音化現象），而韓國人本身也有很多不發「ㅎ」的音。

但就資料中所言，標準發音法並不承認此弱音化現象所造成的連音以及脫落現象，如底下例字：

은행(銀行)→[으냉]

전화(電話)→[저놔]

영화(電影)→[영와]

철학(哲學)→[처락]

2

兩個收尾音的連音現象：

當前字具有兩個收尾音（終聲）字型時，後方連接的字以「ㅇ」當作初聲時，會連接前字收尾音來發音，如底下例字：

읽어요.（念、閱讀）→[일거요]

짧아요.（短的）→[짤바요]

없어요.（沒有）→[업서요]

앉아요.（坐）→[안자요]

※1.若是前字收尾音是「ㄶ，ㅀ」時，連接後方以「ㅇ」當作初聲之字時，前方收尾音右側的「ㅎ」會脫落，以左側的「ㄴ」以及「ㄹ」來進行連音現象，如底下例字：

많아요.(多)→[마나요]

끓어요.(水滾、沸騰)→[끄러요]

次之，若是以「硬音」（ㄲ，ㄸ，ㅃ，ㅆ，ㅉ）當作收尾音時，學員別忘記它們是屬於子音體系，勿視作為兩個字母，而此時只要直接進行連音即可，如底下例字：

밖에(外面的)→[바께]

있어요.(有)→[이써요]

二、破音化（격음화，或「激音化」譯名）：

此是人體發音器官，為了方便發音，而在人體器官產生自然的破音現象。變化規則乃是，當「ㅎ」前方或者是後方出現平音的「ㄱ,ㄷ,ㅂ,ㅈ」時，兩者會重合，變成以「ㅋ,ㅌ,ㅍ,ㅊ」發音；值得注意的是，若「ㅎ」搭配前方的「ㅅ,ㅈ,ㅊ,ㅌ」等終聲時，雖然發成「ㄷ」的代表音，但是因為破音化關係，而會再轉發成「ㅌ」之音，如底下例字：

1.ㄱ+ㅎ→ㅋ：	착하다(乖巧)→[차카다]
2.ㅎ+ㄱ→ ㅋ：	낳고(生育)→[나코]
3.ㄷ(ㅅ,ㅊ)+ㅎ→ㅌ：	몇호(幾號)→[며초]
4.ㅎ+ㄷ→ㅌ：	좋다（好）→[조타]
5.ㅂ+ㅎ→ ㅍ：	법학（法學）→[버팍]
6.ㅈ+ㅎ→ㅊ：	맞히다（命中）→[마치다]
7.ㅎ+ㅈ→ㅊ：	그렇지（對吧）→[그러치]

※在上面我們看到的是(子音)激音化現象：而坊間有些文法書把這裡(子音)激音化列入為「省略以及脫落」（축약과 탈락）一大範疇之中，後續再介紹「母音的省略」（모음축약）。

但是依筆者看來，「母音的省略」已經牽涉到韓文的文法變化，即韓國語單詞變化成「아/어(여)요」型之後進行的省略或脫落，如底下例字：

오다.(來)→（變化成아/어(여)요）오아요→[와요]

주다.（給）→주어요→[줘요]

마시다.（喝）→마시어요→[마셔요]

공부하다.（學習）→공부하여요→[공부해요]

而在這裡筆者因為著重「發音規則」介紹，故省略因為文法變化而產生的母音省略的發音現象說明。當然，而有興趣的讀者，也請參閱筆者另外幾本韓國語文法書--《簡單快樂韓國語1、2》(統一出版社)裡的介紹。

三、硬音化（경음화）：

「硬音化」發音轉變規則有四種情況，我們先來看前面兩種情況，乃是發生在收尾音為「ㄱ,ㄷ,ㅂ」以及「ㄴ,ㄹ,ㅁ,ㅇ」的韓文字時，遇到後方韓文文字初聲為「ㄱ,ㄷ,ㅂ,ㅅ,ㅈ」時，會轉變成為硬音「ㄲ,ㄸ,ㅃ,ㅆ,ㅉ」來發音。

3-1

前方收尾音為「ㄱ,ㄷ,ㅂ」時，遇到後方韓文文字初聲「ㄱ,ㄷ,ㅂ,ㅅ,ㅈ」時，會形成「硬音化」現象，發成「ㄲ,ㄸ,ㅃ,ㅆ,ㅉ」的音，如底下例字：

ㄱ+ㄱ→ㄱ+ㄲ： 학교(學校)→[학꾜]

ㄱ+ㄷ→ㄱ+ㄸ： 식당 (餐廳)→[식땅]

ㄱ+ㅂ→ㄱ+ㅃ： 학비 (學費)→[학삐]

ㄱ+ㅅ→ㄱ+ㅆ： 학생 (學生)→[학쌩]

ㄱ+ㅈ→ㄱ+ㅉ： 맥주 (啤酒)→[맥쭈]

ㄷ+ㄱ→ㄷ+ㄲ： 듣기 (聽力)→[듣끼]

ㄷ+ㄷ→ㄷ+ㄸ： 듣다 (聽)→[듣따]

ㅂ,ㅂ+ㄱ→ㅂ+ㄲ： 입국 (入境)→[입꾹]

ㅂ,ㅍ+ㄷ→ㅂ+ㄸ： 잡담 (閒聊)→[잡땀]

ㅂ,ㅍ+ㅂ→ㅂ+ㅃ： 잡비 (雜費)→[잡삐]

ㅂ,ㅍ+ㅅ→ ㅂ+ㅆ： 접시 (盤子)→[접씨]

ㅂ+ㅈ→ㅂ+ㅉ： 잡지 (雜誌)→[잡찌]

3-2

前方收尾音為「ㄴ,ㄹ,ㅁ,ㅇ」時，遇到後方韓文文字初聲「ㄱ,ㄷ,ㅂ,ㅅ,ㅈ」時，會形成「硬音化」現象，而發成「ㄲ,ㄸ,ㅃ,ㅆ,ㅉ」的音：如底下例字：

ㄴ+ㄱ→ㄴ+ㄲ： 안과 (眼科)→[안꽈]

ㄴ+ㄷ→ㄴ+ㄲ： 신다 (穿)→[신따]

ㄴ+ㅂ→ㄴ+ㅃ： 문법 (文法)→[문뻡]

ㄴ+ㅅ→ㄴ+ㅆ： 손수건 (手帕)→[손쑤건]

ㄴ+ㅈ→ㄴ+ㅉ： 한자 (漢字)→[한짜]

ㄹ+ㄱ→ㄹ+ㄲ： 발가락 (腳趾頭)→[발까락]

ㄹ+ㄷ→ㄹ+ㄸ： 발달 (發達)→[발딸]

ㄹ+ㅂ→ㄹ+ㅃ： 달밤 (月夜)→[달빰]

ㄹ+ㅅ→ㄹ+ㅆ： 실수 (失誤)→[실쑤]

ㄹ+ㅈ→ㄹ+ㅉ： 글자（文字）→[글짜]

ㅁ+ㄱ→ㅁ+ㄲ： 엄격（嚴格）→[엄껵]

ㅁ+ㄷ→ㅁ+ㄸ： 젊다（年輕）→[점따]

ㅁ+ㅂ→ㅁ+ㅃ： 밤바（夜雨）→[밤빠]

ㅁ+ㅅ→ㅁ+ㅆ： 점수（分數）→[점쑤]

ㅁ+ㅈ→ㅁ+ㅉ： 밤중（夜裡）→[밤쭝]

ㅇ+ㄱ→ㅇ+ㄲ： 평가（評價）→[평까]

ㅇ+ㄷ→ㅇ+ㄸ： 용돈（零用錢）→[용똔]

ㅇ+ㅂ→ㅇ+ㅃ： 등불（燈火）→[둥뿔]

ㅇ+ㅅ→ㅇ+ㅆ： 가능성（可能性）→[가능썽]

ㅇ+ㅈ→ㅇ+ㅉ： 장점（優點）→[장쩜]

※但是在這邊要特別提醒學員的是，在上面第二項的連音規則，即：前方收尾音為「ㄴ,ㄹ,ㅁ,ㅇ」時，遇到後方韓文文字初聲為「ㄱ,ㄷ,ㅂ,ㅅ,ㅈ」時，也有不形成「硬音化」現象的狀況，如底下的單字，就屬於特殊狀況，請學員特別注意、學習之。

친구（朋友）→[친구]

준비（準備）→[준비]

간장（醬油）→[간장]

침대（床鋪）→[침대]

공기（空氣）→[공기]

공부（學習）→[공부]

경제（經濟）→[경제]

3-3

除此之外，第三種「硬音化」現象是出現在以兩個名詞組成複合名詞狀況時，後方名詞的初聲若是「ㄱ, ㄷ,ㅂ,ㅅ,ㅈ」時，因硬音化現象發生，會發成硬音的「ㄲ,ㄸ,ㅃ,ㅆ,ㅉ」等音，如底下例字：

아랫사람(아래+사람, 屬下、後輩)→[아랟싸람]

햇살(해+살, 陽光)→[핻쌀]

숫자(수+자, 數字)→[숟짜]

오랫동안(오래+동안, 好長一段時間)→[오랟똥안]

후춧가루(후추+가루, 胡椒粉)→[후춘까루]

3-4

最後一種硬音現象是發生在冠形詞--（으）ㄹ文法中，即韓文單詞後方遇上初聲「ㄱ, ㄷ, ㅂ, ㅅ, ㅈ」時，就會發生硬音化現象，音就會發成「ㄲ,ㄸ,ㅃ,ㅆ, ㅉ」等音，如底下例子：

-(으)ㄹ+ㄱ,ㄷ,ㅂ,ㅅ,ㅈ→-(으)ㄹ+[ㄲ,ㄸ,ㅃ,ㅆ,ㅉ]

쓸 거예요.（寫給你）→[쓸꺼예요]

갈 데가.（要去的地方）→[갈떼가]

먹을 빵（要吃的麵包）→[먹을빵]

할 수 있어요.（能做到）→[할 쑤 이써요]

할 적에（要做的時候）→[할쩌게]

四、口蓋音化（구개음화）：

palatalization, 又稱「顎（音）化用」：指子音為「ㄷ,ㅌ」時，因受到後方以「ㅣ」或者以「ㅣ」為首的複合母音時，這時候受到後面高元音i或y的影響，使發音部位自然地頂到硬顎部份，而使得發音變得和i或y接近，發成「ㄷ,ㅌ」的音，這就是「顎化作用」。如底下各個狀況以及例字：

1

當前字收尾音是「ㄷ」或「ㅌ」，遇到後字為「이」的時候，發音會變成「지」或「치」。

如底下例字：

ㄷ+이 → [지]： 굳이（必須要）→[구지]

곧이（照單全收）→[고지]

ㅌ+이 → [치]：같이（一起）→[가치]

붙이다（貼上）→[부치다]

2

當前字收尾音是「ㄷ」或「ㅈ」時，遇到後字為「히」，音會變成「치」，如底下例字：

ㄷ+ 히→[치]： 닫히다（被關上）→[다치다]

ㅈ+히→[치]： 맞히다〈射中、說中〉→[마치다]

五、子音同化（자음동화，或簡單稱之「鼻音化」）：

鼻音化的原理乃是因為相鄰的兩個子音互相影響之，發音變化成相似的子音一現象。而子音同化在韓國語中發生的頻率很高，共有兩種狀況，分別有「鼻音化」（비음화）以及「柔音化」（유음화）二種。

首先，我們先來看看「鼻音化」狀況。

5-1

非鼻音的「ㄱ,ㅋ,ㄲ;ㄷ,ㅌ;ㄹ;ㅂ,ㅍ;ㅅ,ㅈ,ㅊ」遇到鼻音的「ㄴ,ㅁ」，前者會在後方的影響下，變成以「ㄴ,ㅁ,ㅇ」等鼻音來發音，如底下例字：

ㄱ(ㅋ,ㄲ)+ㅁ→ㅇ+ㅁ：한국말(韓國話)→[한궁말]

ㄱ(ㅋ,ㄲ)+ㄴ→ㅇ+ㄴ：작년(去年)→[장년]

ㄷ(ㅌ,ㅅ,ㅈ,ㅊ)+ㅁ→ㄴ+ㅁ：꽃무늬（花紋）→[꼰무늬]

ㅂ(ㅍ)+ㅁ→ㅁ+ㄴ：십년(十年)→[심년]

ㅂ(ㅍ)+ㄴ→ㅁ+ㅁ：합니다（做）→[함미다]

5-2

鼻音的「ㅁ,ㅇ」出現在「ㄹ」前方時，「ㄹ」便變成鼻音「ㄴ」來發音，如底下例字：

ㅁ+ㄹ→ㅁ+ㄴ：심리（心理）→[심니]

ㅇ+ㄹ→ㅇ+ㄴ：종류（種類）→[종뉴]

5-3

「ㄹ」出現在帶有收尾音「ㄱ,ㅂ」後方時，發音變成「ㄴ」之後，連帶也影響到前方「ㄱ,ㅂ」收尾音，發成鼻音的「ㅇ,ㅁ」，如下例字：

ㄱ+ㄹ→ㅇ+ㄴ：독립（獨立）→[동닙]

국력（國力）→[궁녁]

ㅂ+ㄹ→ㅁ+ㄴ：법률（法律）→[범뉼]

협력（協力）→[혐녁]

柔音化：指鼻音「ㄴ」出現在「ㄹ」前方或後方時，受到影響也發為「ㄹ」音，如底下例字：

ㄴ+ㄹ→ㄹ+ㄹ：진리（真理）→[질리]

연락（聯絡）→[열락]

인류（人類）→[일류]

관련（關連）→[괄련]

以及，

ㄹ+ㄴ→ㄹ+ㄹ：설날（新年元旦）→[설랄]

팔년（八年）→[팔련]

오늘날（今天）→[오늘랄]

십칠년（十七年）→[십칠련]

索引 Index

索引 Index

索引 Index

索引 Index

索引 Index

索引 Index

索引 Index

索引 Index

索引 Index

索引 Index

索引 Index

Linking Korean

學慣用句說道地韓語

2014年7月初版 定價：新臺幣320元

著者 陳慶德
審訂 慎希宰
發行人 林載爵

出版者	聯經出版事業股份有限公司	叢書編輯	李芃
地址	台北市基隆路一段180號4樓	校對	陳香伶
編輯部地址	台北市基隆路一段180號4樓	整體設計	賴雅莉
叢書主編電話	(02)87876242轉226	錄音	洪智叡
台北聯經書房	台北市新生南路三段94號	錄音後製	純粹錄音後製公司
電話	(02)23620308		
台中分公司	台中市北區崇德路一段198號		
暨門市電話：	(04)22312023		
台中電子信箱	e-mail：linking2@ms42.hinet.net		
郵政劃撥帳戶第	0100559-3號		
郵撥電話	(02)23620308		
印刷者	文聯彩色製版印刷有限公司		
總經銷	聯合發行股份有限公司		
發行所	新北市新店區寶橋路235巷6弄6號2樓		
電話	(02)29178022		

行政院新聞局出版事業登記證局版臺業字第0130號

本書如有缺頁，破損，倒裝請寄回台北聯經書房更換。 ISBN 978-957-08-4424-5 (平裝)
聯經網址： www.linkingbooks.com.tw
電子信箱：linking@udngroup.com

國家圖書館出版品預行編目資料

學慣用句說道地韓語/陳慶德．慎希宰審訂．
初版．臺北市．聯經．2014年7月（民103年）．208面．
13×18.8公分（Linking Korean）
ISBN 978-957-08-4424-5（平裝附光碟）

1.韓語 2.慣用語

803.22 103012947